Contemporánea

Francis Scott Fitzgerald (1896-1940) nació en Minnesota, Estados Unidos. Es uno de los más destacados representantes, junto a William Faulkner, Ernest Hemingway y John Dos Passos, de la Generación Perdida. Inició su carrera literaria con *A este lado del Paraíso* (1920), obra que le proporcionó un éxito inmediato. En 1922 publicó *Cuentos de la era del jazz*, colección de relatos donde se satirizan diversos aspectos de la vida norteamericana. *El gran Gatsby*, *Suave es la noche* y *Hermosos y malditos* son las tres grandes obras que lo encumbraron como uno de los mejores autores estadounidenses del siglo XX. Con carácter póstumo se publicó *El jactancioso*, colección de ensayos de signo autobiográfico.

Francis Scott Fitzgerald

El gran Gatsby

Traducción de
E. Piñas

DEBOLSILLO

Título original: *The Great Gatsby*
Traducción: E. Piñas

Segunda edición con esta portada: abril, 2009

© 1925, Charles Scribner's Sons
© renovado: 1953, Francis Scott Fitzgerald Lanahan
© 1975, Random House Mondadori, S.A.
  Travessera de Gràcia, 47-49. 08021 Barcelona

ISBN: 978-84-9793-660-6
Depósito legal: B. 20289 - 2009

Printed in the United States of America
impreso en Estados Unidos de America

P 83660A

10 9 8 7 6 5 4 3 2 1

CAPÍTULO PRIMERO

En mi primera infancia mi padre me dio un consejo que, desde entonces, no ha cesado de darme vueltas por la cabeza.

«Cada vez que te sientas inclinado a criticar a alguien —me dijo— ten presente que no todo el mundo ha tenido tus ventajas...»

No añadió más, pero ambos no hemos sido nunca muy comunicativos dentro de nuestra habitual reserva, por lo cual comprendí que, con sus palabras, quería decir mucho más. Queda dicho que tengo una gran tendencia a reservarme toda opinión, hábito que me ha facilitado el conocimiento de las más extraordinarias naturalezas, y también me ha hecho víctima de no pocos latosos sempiternos. Cuando esta cualidad aparece en una persona normal, es captada en el acto por la mente anormal, que inmediatamente se adhiere a ella; así fue como, en la universidad, se me acusaba, con toda injusticia, de ser un político porque conocía los secretos agravios de desenfrenados y desconocidos seres. La mayor parte de las veces, no iba a la caza de confidencias; en muchos casos, al advertir, por alguna inequívoca señal, que en el horizonte rondaba una revelación íntima, he fingido sueño, preocupación o una hostil indiferencia; las revelaciones íntimas de la juventud, o al menos sus términos de expresión, suelen ser plagios y estar desfigurados por supresiones más que evidentes. Reservarse opiniones es asunto de infinito alcance. Aún hoy me parecería un grave descuido olvidarme de lo que mi padre jactanciosamente sugirió y yo jactanciosamente repito, referente a que el sentido de las cualidades fundamentales es desigualmente repartido al nacer. Y tras vanagloriarme, en esta forma, de mi amplia tolerancia, acabo por admitir que tiene también este principio su límite. La conducta puede fundarse en dura roca o en húmedos pantanos, pero hasta cierto punto, no importa en qué se funda. El último otoño, al regresar al Este, creía que lo que anhelaba era que el mundo estuviera siempre de uniforme y bajo una especie de marcial apostura; no quería seguir escudriñando las profundidades del corazón humano. Sólo Gatsby, el hombre que da título a este libro, estuvo exento de mi reacción. Gatsby, que plasmaba todo aquello hacia lo que siento un tan irrefrenable desprecio. Si la personalidad está constituida por una serie ininterrumpida de actos afortunados, en tal caso puede decirse que había algo brillante en torno a él, una exquisita sensibilidad para captar las promesas de la vida, como si estuviera vinculado a una de esas complicadas máquinas que registran los terremotos a mil millas de distancia. Esta reacción tenía que ver con la blandengue impresionabilidad que ha sido dignificada bajo el nombre de «temperamento creador»; tenía un don extraordinario para saber esperar, una romántica presteza que jamás he hallado en otra persona, y que no es probable que vuelva a encontrar. No; en resumen, Gatsby resultó ser un hombre de una pieza; lo que le devoraba era el turbio polvo flotando en la estela de sus sueños, lo mismo que encerró temporalmente mi interés en las abortivas tristezas y cortas alegrías del género humano.

En esta ciudad del Medio Oeste, mi familia ha sido, durante tres generaciones, gente acomodada, de destacada posición social. Los Carraway formamos una especie de «clan», y corre el rumor de que descendemos de los duques de Buccleuch, pero el verdadero fundador de mi familia fue un hermano de mi abuelo que llegó aquí el año 1851, envió un sustituto a la Guerra Civil e inició el negocio de ferretería al por mayor que mi padre dirige actualmente.

No conocí a este tío-abuelo, aunque se supone que me parezco a él, especialmente en el cuadro, más bien inexpresivo, que cuelga en el despacho de mi padre. Me gradué en New Haven en 1915, exactamente un cuarto de siglo después que mi padre, y, un poco más tarde, participé en esa aplazada emigración teutónica, conocida por la Gran Guerra. Disfruté tanto durante el contraataque, que regresé saturado de inquietud. En lugar del cálido centro del universo, el Medio Oeste me parecía ahora el andrajoso extremo del mundo, de modo que decidí marcharme al Este, con el afán de iniciarme en las actividades bolsísticas. Todos mis conocidos estaban metidos en la Bolsa, así es que supuse que los valores y las acciones serían capaces de mantener a un soltero más. Mis tíos discutieron sobre esto como si se tratara de elegirme un colegio preparatorio, y finalmente murmuraron: «Bueno... sí...», con rostro grave y titubeando ostensiblemente. Mi padre accedió a subvencionarme durante un año, y tras una serie de retrasos, en la primavera de 1921 me vine al Este, en la creencia de que mi estancia sería definitiva.

Lo práctico hubiera sido buscar alojamiento en la ciudad, pero la estación era muy calurosa y yo acababa de abandonar una tierra de grandes céspedes y amistosos árboles, así que, cuando un chico de la oficina me sugirió que alquilásemos una casita en una ciudad suburbana, la idea me pareció estupenda. Encontró la casa, un *bungalow* de cartón en el que se evidenciaban las huellas del viento y el sol y cuyo alquiler ascendía a ochenta dólares al mes, pero a última hora la Dirección trasladó a mi amigo a Washington, y me fui solo al campo. Tenía un perro —por lo menos lo tuve durante unos pocos días antes de que se me escapara—, un viejo coche Dodge, y una mujer finesa que me hacía la cama, preparaba el desayuno y murmuraba máximas en finés, encima del fogón eléctrico.

Al principio me sentía muy solo, pero una buena mañana, un hombre, aún más recién llegado que yo, me paró en la carretera:

—Por favor, señor, ¿por dónde se va a la aldea de West Egg? —me preguntó, con aire desvalido.

Se lo indiqué; y al verle seguir su camino, ya no me sentí solo: era un guía, un explorador, uno de los primeros colonos. Aquel hombre me había conferido, fortuitamente, la tranquilidad de pertenecer a la comunidad.

Y así fue como, contemplando el sol y los grandes brotes de hojas que crecían en los árboles con la misma rapidez con que crecen todas las cosas en las películas, experimenté la familiar convicción de que, con el verano, la vida empezaba de nuevo.

Por otra parte, tenía mucho que leer y una inquebrantable salud que requería las vigorizantes influencias de las expansiones naturales de la juventud. Me compré una docena de volúmenes sobre Banca, crédito e inversiones, que se alinearon en mi biblioteca en rojo y oro, semejantes a dinero recién fabricado por la Casa de la Moneda, prometiéndome revelarme los radiantes secretos sólo conocidos por Midas, Morgan y Mecenas. Además, tenía la elevada intención de leer otros muchos libros; en la Universidad me incliné hacia lo intelectual; un año escribí una serie de solemnísimos y expresivos editoriales para el *Yale News*. Y ahora llevaría de nuevo a mi vida todas aquellas cosas, convirtiéndome, otra vez, en el más limitado de todos los especialistas: «el hombre muy cultivado». Esto no pretende ser un epigrama; al fin y al cabo, desde una sola ventana se contempla mejor la vida.

Por casualidad alquilé una casita en una de las más extrañas comunidades de Norteamérica. Fue en aquella esbelta y bulliciosa isla que se extiende exactamente al este de Nueva York, donde, entre otras curiosidades naturales, existen dos extrañas elevaciones de terreno. A veinte millas de la ciudad, un par de enormes huevos, idénticos en contorno, y solamente separados por una curvada bahía, sobresalen de la más domesticada masa de agua salada del hemisferio occidental: la enorme balsa de Long Island Sound. No es que sean perfectamente ovalados, sino que, como en el caso del huevo de Colón, ambos se hallan aplastados por la cumbre; sin embargo, su similitud material debe ser una fuente de perpetuo asombro para las gaviotas que vuelan por encima de ellos. Para los que carecen de alas, resulta más interesante el fenómeno de su total disparidad, forma y tamaño aparte.

West Egg estaba situado en el..., bueno, en el menos elegante de los dos, aunque ésta es una expresión demasiado superficial para describir el bizarro y no poco siniestro contraste entre ambos. Mi casa se hallaba en la misma punta del huevo, sólo a cincuenta yardas de Sound, y encogida entre dos enormes mansiones que se alquilaban a doce o quince mil dólares por temporada. La de mi derecha era un colosal armatoste, cualquiera que fuese el punto de vista bajo el que se le considerase; una auténtica imitación de un Ayuntamiento de Normandía, con una torre a un lado, que brillaba, nuevecita, festoneada de una ligera barba de hiedra joven, complementado todo por una piscina de mármol y más de cuarenta acres de prado y jardín. Era el palacete de Gatsby, o, mejor dicho, como no conocía aún a Mr. Gatsby, era un palacete habitado por un caballero de ese nombre. Mi casa afeaba la perspectiva, pero tratándose de una pequeña birria, había sido pasada por alto, de manera que gozaba de vista al mar, vista parcial del prado de mi vecino, y la de la consoladora proximidad de millonarios, todo por ochenta dólares mensuales. Los blancos palacetes del elegante East Egg brillaban a través de la bahía, alineados a lo largo de la orilla. La crónica de aquel verano se inicia la tarde en que fui a cenar con los Buchanan. Daisy era prima mía en segundo grado; a Tom le conocí en la Universidad; luego, al acabar la guerra, pasé un par de días con ellos en Chicago.

El marido de Daisy, entre diversas proezas físicas, había llegado a ser uno de los más vigorosos extremos que jugaran a fútbol en New Haven, una figura nacional en cierto modo, uno de esos hombres que a los veintiún años alcanzan una preponderancia tan ilimitada que, a fin de cuentas, para ellos todo tiene un sabor de vacío. Su familia era enormemente rica; incluso en la Universidad, su prodigalidad con el dinero era algo que llamaba la atención, pero se marchó de Chicago y se dirigió al Este en un abrir y cerrar de ojos; de Lake Forest se trajo una serie de *ponies* para jugar al polo, y se me hacía difícil comprender que un

hombre de mi propia generación fuera lo suficiente-
mente rico para hacer semejante exhibición.

Ignoro por qué vinieron al Este. Sin ninguna razón
particular, estuvieron un año en Francia, luego flota-
ron de aquí para allá, desasosegadamente, por donde
se jugaba al polo y todos eran ricos. Daisy me dijo
telefónicamente que ahora se trataba de una estancia
permanente, pero no lo creí; no lo podía leer en el
corazón de Daisy; sin embargo, sabía que Tom iría
siempre flotando, buscando, con algo de triste anhelo, la dramática turbulencia de un irrecuperable par-
tido de fútbol.

Y así fue como, una cálida y ventosa tarde, me dirigí a East Egg, a visitar a dos viejos amigos a quienes
apenas conocía. Su casa resultó más recargada aún de
lo que había esperado: una alegre mansión georgiana-
colonial, blanca y roja, que daba sobre la bahía. El
camino empezaba en la playa y corría hasta la puerta
de entrada, cubriendo un cuarto de milla, saltando por
encima de relojes de sol, paseos de ladrillo y exube-
rantes jardines; finalmente, al llegar a la casa, se bi-
furcaba, como fruto del impulso de su carrera, en alegres enredaderas. La fachada rompía su serena mono-
tonía en una línea de balcones, abiertos de par en par
a la ardiente y ventosa tarde, cuyos metales, al choque de los rayos solares, brillaban con destellos de oro.
Tom Buchanan, en traje de montar, estaba de pie, con
las piernas ligeramente separadas, en el pórtico.

Desde su época de New Haven había cambiado mucho; ahora era un robusto hombre de treinta años,
pelo color de paja, boca más bien dura, y modales
altaneros. En su rostro dominaban dos brillantes y
arrogantes pupilas, que le daban la apariencia de hallarse siempre al acecho. Ni siquiera la afeminada os-
tentación de su equipo de montar lograba ocultar la
enorme fuerza de su cuerpo; parecía llenar las impe-

cables botas hasta dar la sensación de que iba a romper los primeros cordones, y cuando se movía, se advertía en su espalda el movimiento de un gran conjunto de músculos. Era un cuerpo capaz de desarrollar enorme fuerza, un cuerpo cruel.

Su voz, de tenor, ronca, malhumorada, aumentaba la impresión de pendenciero que siempre producía, y en ella latía, incluso para la gente que le gustaba, una sombra de paternal menosprecio (en New Haven, hubo muchachos que odiaban sus tripas).

Parecía decir: «Vamos, no creas que mi opinión es definitiva sólo porque soy más fuerte y más hombre que tú...» Estuvimos juntos en la misma Sociedad de Estudiantes de New Haven, y aunque jamás intimamos, yo tenía la impresión de que me tenía en cierto aprecio y que, con áspero y provocativo anhelo, se empeñaba en conseguir que yo le admirase.

Estuvimos hablando unos minutos en el soleado pórtico.

—Sí, la casa no está mal —dijo, mientras sus ojos miraban inquietamente. Cogiéndome de un brazo me obligó a volverme, y movió una enorme y aplastada mano a lo largo del panorama, incluyendo en su recorrido un profundo jardín italiano y medio acre de aromáticos y punzantes rosales, así como una achatada embarcación a motor, que, a cierta distancia de la costa, luchaba contra la marea—. Perteneció a Demaine, el rey del petróleo. —Me hizo dar la vuelta y, bruscamente cortés, añadió—: Entremos.

Entramos en un vestíbulo de alto techo, precedido de una glorieta de un color rosa vivo, a la que un balcón a cada extremo comunicaba con la casa. Los balcones, entornados, aparecían relucientemente blancos, y recortaban el césped del exterior, que parecía crecer un poco dentro de la casa. Sopló la brisa en la habitación, y, en un rincón, las cortinas volaron hacia afuera y hacia adentro, enroscándose en dirección al escarchado pastel de bodas del techo; por fin, se rizaron encima de la alfombra color de vino, haciendo sombras como el viento en el mar.

El único objeto completamente estacionario, era un enorme diván en el que dos jóvenes se hallaban sujetas como globos cautivos. Ambas vestían de blanco, y sus trajes se agitaban y revoloteaban como si, tras un corto vuelo alrededor de la casa, hubieran entrado de repente. Permanecí unos segundos escuchando el chasquido y golpeteo de las cortinas, y el crujido de un cuadro en la pared. Se oyó un estruendo; Tom cerraba los balcones traseros, y el viento, cautivo, se extinguió en el cuarto. Las cortinas, las alfombras y las dos muchachas parecieron descender lentamente al suelo.

La más joven me era desconocida. Estaba tumbada a lo largo del diván, completamente quieta, como balanceando algo que probablemente caería, y si me vio por el rabillo del ojo no dio muestra alguna de haber percibido mi presencia; por cierto que me sorprendí a mí mismo al oírme murmurar una disculpa por molestarla.

Daisy, la otra muchacha, intentó levantarse, se echó ligeramente hacia adelante con expresión concienzuda, y se echó a reír, con una risita absurda, encantadora; reí yo también y me adentré en la habitación:

—Estoy... paralizada de felicidad...

Volvió a reírse, como si acabara de decir algo muy ingenioso, reteniendo mi mano un momento, mirándome a la cara, asegurándome que no había nadie en el mundo a quien tuviese más ganas de ver. Era una costumbre suya. En un susurro me notificó que el apellido de la chica equilibrista era Baker. (Había oído decir que el murmullo de Daisy únicamente tenía como objeto conseguir que la gente se inclinara hacia ella, impertinente cotilleo que no le restaba el menor encanto.)

Fuese por lo que fuese, los labios de Miss Baker se agitaron, me saludó casi imperceptiblemente, y luego echó rápidamente la cabeza hacia atrás; evidentemente, el objeto que balanceaba se tambaleó, dándole un susto. Una especie de disculpa volvió a ascender a mis labios, porque cualquier demostración de absoluta confianza en sí mismo logra, por mi parte, un asombrado tributo de admiración. Miré de nuevo a mi prima, que empezó a hacerme preguntas con su ronca y emocionante voz. La suya pertenecía a aquella clase de voces cuyo tono es seguido atentamente por el oído, como si cada palabra fuera una composición musical que jamás se volviese a interpretar. Su rostro era triste y hermoso, lleno de encantos; brillantes pupilas y una fresca y apasionada boca. En su voz latía una excitación que difícilmente olvidaban los hombres que la habían amado; una cantarina vibración, un «oye…» susurrado, una promesa de que sólo hacía un rato que había hecho excitantes y divertidas cosas, y de que se anunciaban excitantes y divertidas cosas para la próxima hora.

Le conté que en mi viaje al Este me había detenido un día en Chicago, y que una docena de personas le enviaban mil recuerdos, por mi mediación.

—¿Me echan de menos? —preguntó, radiante.

—Toda la ciudad está desolada. Los coches llevan pintada de negro la rueda de recambio, como si fuera una corona, y por las noches se oye un incesante gemido a lo largo de la orilla norte…

—¡Qué delicia! ¡Tom, regresemos…! ¡Mañana! —Luego añadió, sin ton ni son—: Tienes que ver a la niña…

—Con mucho gusto.

—Ahora estará durmiendo. Tiene tres años; ¿no la has visto nunca?

—Nunca.

—Bueno, pues tienes que verla. Es...

Tom Buchanan, que se paseaba a grandes zancadas de un lado a otro de la habitación, se paró y apoyó la mano sobre mi hombro.

—¿Qué haces, Nick?

—Estoy metido en la Bolsa.

—¿Con quién?

Se lo dije.

—Nunca los había oído nombrar —afirmó perentoriamente.

Esto me molestó.

—Les oirás nombrar —repuse, bruscamente—. Si te quedas en el Este, seguro que oirás hablar de ellos.

—¡Oh, sí!, me quedaré en el Este —dijo—. No te preocupes. —Miró a Daisy, y luego a mí, como si pensara en otra cosa—. Sería un perfecto animal si se me ocurriera vivir en otra parte.

—Absolutamente —intervino Miss Baker. Y lo dijo tan de repente que me sobresaltó. Era la primera palabra que pronunciaba desde mi entrada en la habitación. Evidentemente, ella misma se sorprendió tanto como yo, pues bostezó, y con una serie de rápidos y garbosos movimientos, se puso en pie.

—Estoy tiesa —se quejó—. He pasado toda la vida en el sofá.

—No me mires así —contestó Daisy—. Toda la tarde he estado luchando por llevarte a Nueva York.

—No, gracias —dijo Miss Baker rechazando los cócteles que acababan de surgir de la despensa—. Estoy en período de riguroso entrenamiento.

Su anfitrión la miró con incredulidad.

—¡Sí, sí! ¡Qué vas a estar...! —sorbió la bebida

como si fuera una gota en el fondo de un vaso—. No entiendo cómo haces algo...

Miré a Miss Baker, preguntándome qué sería aquel «algo»; me gustaba mirarla: era una muchacha esbelta, de senos poco desarrollados y talle erguido que acentuaba echando los hombros hacia atrás, como un joven cadete. Sus grises ojos, irritados por el sol, me miraban con curiosidad desde un encantador y pálido rostro. Al cabo de un rato pensé que la había visto en alguna parte, acaso en fotografía.

—Usted vive en West Egg —observó, despectivamente—. Conozco a alguien de allí...

—Yo no conozco a nadie.

—Seguro que conoce a Gatsby...

—¿Gatsby? ¿Qué Gatsby? —preguntó Daisy.

Antes de poder contestar que era vecino mío, se anunció la cena, y pasando inesperada e imperativamente su tenso brazo por debajo del mío, Tom Buchanan me sacó, a la fuerza, de la habitación, como pieza de ajedrez que es preciso llevar a otro cuadro.

Con distinguida languidez, las manos ligeramente apoyadas en las caderas, las jóvenes nos precedieron a una terraza color de rosa, que se abría a la puesta de sol; cuatro velas vacilaban bajo el viento, ahora casi apaciguado.

—¿A qué vienen estas velas? —exclamó Daisy, frunciendo las cejas. Las apagó con los dedos—. El día más largo del año llegará dentro de quince días —nos miró a todos, radiantemente—. ¿No aguardáis siempre el día más largo del año y luego os pasa por alto? ¡Yo siempre aguardo el día más largo del año y me pasa por alto!

—Tendríamos que planear algo... —bostezó Miss Baker, sentándose a la mesa como si se metiera en la cama.

—Estupendo —aprobó Daisy—. ¿Qué preparamos? —se volvió hacia mí, con aire indefenso—. ¿Qué es lo que planea la gente?

Pero antes de que pudiera contestarle, su mirada se posó, asustada, en su dedo meñique.

—¡Fijaos! Me hice daño...

Todos miramos; en el nudillo se advertía un cardenal.

—Tú me lo hiciste, Tom —dijo acusadoramente—. Sé que no fue deliberadamente, pero lo hiciste. Esto me pasa por haberme casado con un animal de hombre, un enorme y pesado ejemplar de...

—Odio la palabra pesado —refutó Tom, molesto—. Hasta en broma.

—Pesado —insistió Daisy.

A ratos, ella y Miss Baker hablaban con una mezcla de discreción y alegre inconsecuencia que jamás se convertía en insulso parloteo; era algo tan indiferente como sus blancos trajes y sus inexpresivas pupilas, desnudas de todo deseo. Allí estaban, y nos aceptaban a Tom y a mí, haciendo sólo un cortés y agradable esfuerzo por agasajarnos o por ser agasajadas. Sabían que la cena terminaría dentro de poco; un rato más tarde, acabaría la velada, que sería despreocupadamente arrinconada. Esto era completamente diferente del Oeste, donde una velada se precipitaba, fase a fase, hasta el fin, en continua y decepcionada espera, o en un ligero y nervioso temor del mismo instante.

—Me haces sentir incivilizado, Daisy —le confesé a la segunda copa de un clarete bastante lleno de corcho, aunque de impresionante calidad—. ¿No podrías hablar de las cosechas o algo por el estilo?

Al formular esta observación, no me refería a nada concreto, pero fue acogida en forma inesperada.

—La civilización se está derrumbando —aseguró Tom, violentamente—. Me he vuelto espantosamente pesimista. ¿Has leído *The Rise of the Colored Empires*, escrito por ese tío, Goddard?

—No —repuse, algo sorprendido por su tono.

—Pues bien, es un libro magnífico. Todo el mundo tendría que leerlo. La tesis es que, si no tenemos cuidado, la raza blanca será... será totalmente desbordada. Todo tiene base científica..., ha sido demostrado.

—Tom se vuelve muy profundo —dijo Daisy, con inesperada tristeza—. Lee libros graves que tienen palabras muy largas. ¿Cuál es aquella palabra?

—Bien, esos libros son científicos —repitió Tom, mirándola con impaciencia—. El tipo ése, se ha imaginado lo que puede ocurrir. Somos nosotros, la raza dominante, los que hemos de vigilar a las demás razas, si no queremos que sean ellas las que nos dominen.

—Tenemos que hundirlas —susurró Daisy, con un feroz guiño dedicado al fervoroso sol.

—Tendrías que vivir en California —empezó Miss Baker; pero Tom la interrumpió, agitándose pesadamente en la silla.

—La tesis es que somos nórdicos. Yo, tú y tú, y... —tras un infinitésimo de vacilación, incluyó a Daisy con un movimiento de cabeza, y ella volvió a guiñar el ojo—. Y hemos producido todas las cosas que constituyen la civilización. ¡Oh! La ciencia, el arte..., todo eso, ¿entiendes?

En su concentración había cierto patetismo; como si su complacencia, más aguda que antes, ya no le bastara. Y cuando sonó el teléfono en el interior, y el mayordomo salió de la terraza, Daisy aprovechó la momentánea interrupción para inclinarse hacia mí.

—Te voy a contar un secreto de familia —susurró entusiasmada—. Se trata de la nariz del mayordomo.

¿Quieres enterarte del asunto de la nariz del mayordomo?

—Sí; precisamente, a eso he venido esta noche.

—Pues verás; no siempre ha sido mayordomo. Era el pulidor de la plata de una gente de Nueva York, que tenía un servicio de plata para doscientas personas. Estaba obligado a pulirlo de la mañana a la noche, hasta que, finalmente, este trabajo empezó a afectarle la nariz.

—Las cosas fueron de mal en peor —sugirió Miss Baker.

—Sí, las cosas fueron de mal en peor, hasta que tuvo que abandonar la colocación.

Los últimos rayos del sol se posaron por un momento, con romántico afecto, sobre su encendido rostro; su voz me forzó a inclinarme, sin aliento, mientras la escuchaba. El resplandor se apagó; los rayos de luz desaparecían lentamente, al igual que al anochecer los niños abandonan una calle agradable.

El mayordomo regresó, murmurando algo al oído de Tom. Éste frunció las cejas, empujó la silla y entró sin decir palabra. Daisy, como si su ausencia agitara algo dentro de sí, se inclinó otra vez hacia mí; su voz cantarina y brillante murmuró:

—Me encanta verte en mi mesa, Nick. Me recuerdas una rosa, una rosa de verdad. ¿No es cierto? —se dirigió a Miss Baker, pidiéndole confirmación—. Una rosa, una verdadera rosa.

Eso no era verdad. No me parezco, ni ligeramente, a una rosa. Daisy improvisaba, pero brotaba de ella un incitante calor, como si su corazón, oculto en una de esas radiantes y emocionantes palabras, intentara acercárseme. De súbito, tiró la servilleta sobre la mesa y entró en la casa. Miss Baker y yo cambiamos una mirada conscientemente desprovista de todo significado. Estaba a punto de hablar, cuando ella se irguió atentamente y dijo «¡chitón!», en tono misterioso. En la habitación contigua era audible un murmullo apagado, apasionado; Miss Baker se echó adelante sin el menor recato, intentando oír. El murmullo tembló al borde de la coherencia, se hundió, ascendió excitadamente, y luego cesó completamente.

—Ese Mr. Gatsby que ha mencionado es vecino mío —le dije.

—¡No hable! Quiero enterarme de lo que ocurre.

—¿Ocurre algo? —pregunté, inocentemente.

—¿No lo sabe? —replicó Miss Baker, francamente sorprendida—. Creía que todo el mundo lo sabía.

—Yo no.

—Pues... —titubeó—. Tom tiene un lío en Nueva York.

—¿Tiene un lío? —repetí, inexpresivamente.

Miss Baker asintió con la cabeza.

—Podía tener la decencia de no telefonear a la hora de cenar, ¿no le parece?

Casi antes de haber comprendido lo que quería decir, se oyó el revoloteo de un traje y el crujido de las botas de cuero. Tom y Daisy estaban en la mesa.

—No pudo evitarse —exclamó Daisy, con tensa alegría. Se sentó, nos miró interrogativamente y continuó—: He mirado afuera durante un minuto, y me parece que por allí todo es muy romántico. Hay un pájaro en el césped, me parece que se trata de un ruiseñor llegado por el Cunard o White Star Line. Está a lo lejos cantando... Es muy romántico, ¿verdad, Tom?

—Muy romántico —repuso éste. Luego se dirigió a mí, con tristeza—: Si después de la cena hay bastante luz, quiero llevarte al establo.

El teléfono sonó estrepitosamente, y mientras Daisy movía la cabeza con decisión, el asunto del establo, y prácticamente todos los asuntos, se esfumaron en el aire. Entre los dispersos fragmentos de los últimos cinco minutos pasados en la mesa, recuerdo que se encendieron las velas, sin ton ni son; me di cuenta de que quería mirarles de hito en hito y, no obstante, quería también eludir todas las miradas. No podía adivinar qué pensaban Tom y Daisy, aunque estoy convencido de que ni siquiera Miss Baker, que parecía haber llegado a dominar cierto duro escepticismo, consiguiera apartar por completo de su mente la metálica insistencia del quinto huésped. La situación hubiera parecido intrigante a ciertos temperamentos; mi propio instinto me pedía telefonear cuanto antes a la Policía.

Es inútil decir que no se mencionaron más los caballos. Tom y Miss Baker, con varios pies de crepúsculo entre ellos, se dirigieron a la biblioteca, como dispuestos a pasar una vigilia al lado de un cadáver perfectamente tangible, intentando, entretanto, parecer hallarse agradablemente interesados y, al propio tiempo, bastante sordos. Seguí a Daisy a través de una serie de terrazas hasta llegar al pórtico delantero. Nos sentamos, en la oscuridad, en un banco de mimbre.

Daisy colocó su rostro entre sus manos, como si palpase su delicioso modelado, y sus ojos se abrieron gradualmente al aterciopelado ocaso. La vi presa de turbulentas emociones, y empecé a hacerle lo que creí serían preguntas sedantes, referentes a su niñita.

—Nos conocemos poco, Nick —dijo súbitamente—, a pesar de ser primos... No viniste a mi boda.

—Aún no había regresado de la guerra.

—Es cierto —vaciló—. Pues... he pasado una mala temporada, Nick, y me siento bastante cínica en todo lo que se relaciona con la vida.

Tenía evidentes razones para sentirse así. Esperé; no dijo nada más, y al cabo de un momento, volví, débilmente, al tema de su hija:

—Supongo que hablará, comerá y demás, ¿no?

—¡Oh, sí! —me miró, ausente—. Pues..., oye, Nick, déjame contarte lo que dije cuando nació. ¿Querrás oírlo?

—Desde luego.

—Eso te demostrará cómo he llegado a este extremo sobre... ciertas cosas. Bueno; ella tenía menos de una hora, y Tom estaba sabe Dios dónde... Me desperté del éter, poseída por un sentimiento de completo abandono, y en seguida pregunté a la enfermera si era chico o chica. Me dijo que era chica. Volví la cabeza y me puse a llorar. «Bueno, dije, me alegro de que sea niña..., espero que sea tonta; lo mejor en este mundo para una chica es ser bonita y tonta.» Verás..., yo creo..., sea como sea, todo es terrible —continuó hablando, en tono convencido—. Todo el mundo piensa así, la gente más lista. Y lo sé. He estado en todas partes, lo he visto todo, lo he hecho todo. —Sus ojos se alzaron retadoramente, parecidos a los de Tom, y rompió a reír con conmovedor desprecio—. «Sofisticada», santo Dios, estoy «sofisticada».

En el instante en que su voz se apagó, acabando de apoderarse de mi atención, de mis ideas, sentí la insinceridad básica de lo que acababa de decir. Me sentía intranquilo, como si toda la velada sólo hubiera sido un truco para extraer a la fuerza la aportación de uno de mis sentimientos. Esperé y, naturalmente, al cabo de un momento me miró con una sonrisa totalmente afectada, como si acabara de afirmar su adhesión a una distinguida y secreta sociedad a la que ella y Tom pertenecieran.

En el interior, la habitación carmesí apareció resplandeciente de luz. Tom y Miss Baker estaban sentados a los extremos del largo diván; ella leía en voz alta el *Saturday Evening Post*. Las palabras, apenas murmuradas en tono opaco, corrían con ritmo apaciguador. La luz de la lámpara, brillante en las botas y opaca en el amarillo de hoja de otoño de los cabellos de la joven, destellaba en el papel mientras ella volvía las hojas con temblor de delgados músculos en sus brazos.

Cuando entrábamos, levantando una mano, nos mantuvo silenciosos un instante.

—Continuará... —dijo, echando la revista sobre la mesa— en el próximo número.

Su cuerpo se enderezó, con un inquieto movimiento de rodilla, y se puso en pie.

—Las diez —observó, viendo, al parecer, la hora en el techo—. Hora de que una buena chica se meta en la cama.

—Jordan tomará parte mañana en el torneo de Westchester —explicó Daisy.

—¡Oh, es usted Jordan Baker!

Ahora sabía el motivo de que su rostro me fuese familiar; su semblante, agradablemente desdeñoso, me había mirado desde muchas fotografías de la vida deportiva en Asheville, Hot Springs y Palm Beach. También hacía tiempo que llegó a mis oídos una historia algo desagradable, pero me había olvidado de qué se trataba.

—Buenas noches —murmuró suavemente—. ¿Me despertarás a las ocho?

—Si te levantas...

—Me levantaré. Buenas noches, Mr. Carraway; espero verle pronto.

—Claro que le verás a menudo —aseguró Daisy—. Por cierto, creo que arreglaré una boda. Ven a menudo, Nick, y yo veré de, ¡oh...!, reuniros. Verás, encerraros accidentalmente en un armario ropero..., echaros al mar en un bote..., en fin, toda esa clase de cosas.

—Buenas noches —repitió Miss Baker, desde la escalera—. Que conste que no he oído ni una palabra.

—Es una buena chica —dijo Tom, al cabo de un rato—. No deberían dejarla que correteara tan suelta por el país.

—¿Quién no debería? —inquirió Daisy, fríamente.

—Su familia.

—Su familia es una tía que tiene cerca de mil años. Además, Nick va a cuidarse de ella, ¿no es verdad, Nick? Este verano pasará con nosotros muchos fines de semana. Creo que la influencia hogareña le será muy provechosa.

Por un instante, Daisy y Tom se contemplaron silenciosamente.

—¿Es de Nueva York? —pregunté rápidamente.

—De Louisville. Allí pasamos nuestra virginal juventud, nuestra hermosa y virginal...

—¿Tuviste una pequeña conversación íntima en la terraza con Nick, Daisy? —interrumpió Tom.

—¿La tuve...? —me miró—. No me acuerdo... Sin embargo, me parece que hablamos de la raza nórdica... Sí, estoy segura..., insensiblemente este tema se apoderó de nosotros y... lo primero..., ¿sabes...?

—No se te ocurra creer todo lo que oyes, Nick —murmuró Tom.

Contesté ligeramente que nada había oído, y pocos segundos más tarde me levanté para irme a casa. Me acompañaron hasta la puerta, permaneciendo en pie, uno al lado de otro, dentro de un alegre cuadro de luz. Al poner el coche en marcha, Daisy me llamó imperiosamente:

—Espera... Olvidé preguntarte algo..., es importante. Oímos decir que estabas prometido con una chica, en el Oeste.

—Es verdad —corroboró Tom, bondadosamente—. Oímos decir que estabas prometido.

—Pura calumnia..., soy demasiado pobre.

—Lo oímos decir —repitió Daisy, abriéndose de

nuevo, como una flor—. Lo oímos decir a tres personas, así es que debe ser cierto.

Claro está que sabía a qué se referían, sin embargo, no estaba ni siquiera vagamente comprometido. El hecho de que la murmuración hubiera publicado ya las amonestaciones, era una de las razones de mi traslado al Este. Por causa de las habladurías no iba a dejar de salir con una antigua amiga, y, por otra parte, no tenía la menor intención de que los rumores me llevaran al matrimonio.

Su interés me conmovió un poco, me los hizo menos remotamente ricos. De todas maneras, me sentí desconcertado y un poco asqueado. Me parecía que lo que Daisy debería hacer era precipitarse fuera de la casa, con la niña en brazos; mas, al parecer, tales intenciones no tenían lugar en su ánimo. Por lo que a Tom se refería, el hecho de que tuviera un lío con una mujer en Nueva York, resultaba, en realidad, menos sorprendente que verle deprimido por un libro. Algo le impulsaba a roer el borde de sus rancias ideas, como si su robusto egotismo físico no fuera ya capaz de saciar su dogmático corazón.

En los techos de las hospederías de la carretera, y frente a los garajes que bordeaban el camino, donde aparecían bombas nuevecitas de gasolina dentro de círculos de luz, era ya pleno verano. Cuando llegué a mis posesiones de West Egg, dejé el coche en su cobertizo y me senté un rato en el patio, encima de un abandonado cortador de hierba. El viento se había calmado, dejando una noche brillante y ruidosa, con alas que golpeaban entre los árboles, y un sordo rumor de órgano, como si los cargados fuelles de la tierra estuvieran soplando a las ranas llenas de vida. La ondulante silueta de un gato se recortó a la luz de la luna, me volví a mirarlo, y vi que no estaba solo: a cincuenta pies de distancia había aparecido una silueta entre las sombras de la mansión de mi vecino, y se hallaba de pie, con las manos en los bolsillos, contemplando el plateado resplandor de las estrellas. Algo en sus sosegados movimientos y en la firme posición de sus pies en el césped, sugería que era el mismo Mr. Gatsby que había salido a investigar cuál era la porción de nuestro firmamento local que le correspondía.

Decidí llamarle; Miss Baker le había mencionado en la cena, circunstancia que me serviría de introducción; sin embargo, no le llamé, porque súbitamente, presentó indicios de que le placía la soledad: tendió los brazos en dirección al proceloso mar, en forma curiosa, y a pesar de la distancia, hubiera podido jurar que temblaba. Involuntariamente miré al mar; no distinguí nada, sólo una luz verde, diminuta y lejana, que podía ser el extremo de un malecón. Cuando de nuevo volvía a mirar a Gatsby, éste había desaparecido y me encontré solo, otra vez, en las inquietas sombras.

CAPÍTULO II

A cosa de medio camino de West Egg a Nueva York, la carretera se reúne apresuradamente con el ferrocarril, y corre a su lado por espacio de un cuarto de milla, como para apartarse de cierta desolada extensión de terreno: un valle ceniciento, una fantástica granja donde las cenizas crecen como el trigo, por las colinas, ribazos y grotescos jardines, donde las cenizas adquieren formas de casas, chimeneas y ascendientes humaredas, y finalmente, con un formidable esfuerzo de imaginación, siluetas de hombres grises que se mueven apagadamente, desmoronándose a través de la polvorienta atmósfera. Una hilera de grises coches serpentea a veces por una invisible carretera; crujen espantosamente y se tumban a descansar; inmediatamente, los grises hombres de ceniza aparecen, agitando, con pesadas azadas, una impenetrable nube que oculta a la vista sus turbias operaciones.

Sin embargo, por encima de la grisácea tierra y superando los espasmos del agitado polvo que flota incesantemente en el aire, se advierten los ojos del doctor T. J. Eckleburg. Los ojos del doctor T. J. Eckleburg son azules y gigantescos, sus retinas tienen una yarda de alto. No miran desde rostro alguno, sino desde un par de enormes gafas amarillas, posadas en una nariz que no existe. Evidentemente, algún oculista extraordinariamente bromista las colocó allí para hacer medrar su clientela en el burgo de Queens, y luego se hundió en la eterna ceguera al marcharse, o se las olvidó. No obstante, esas pupilas, algo apagadas por las inclemencias del tiempo, lluvia y sol, siguen meditando tristemente sobre el solemne muladar.

El valle de cenizas está limitado a un extremo por un pequeño y turbio río y cuando se levanta el puente levadizo para dejar paso a las barcazas, los pasajeros de los trenes allí parados tienen media hora para admirar la lúgubre escena. En aquel punto se hace siempre un alto de un minuto, como mínimo, y así fue cómo, por vez primera, pude ver a la amante de Tom Buchanan.

El hecho de que tuviese una amante era comentado en todas partes donde se le mencionaba. Sus conocidos se sentían ofendidos porque se presentaba con ella en los cafés populares, la dejaba en una mesa y se iba de un lado a otro, hablando con cualquier persona que encontrara. Aunque sentí curiosidad por verla, no tenía deseos de conocerla, si bien acabé conociéndola. Una tarde, iba en tren a Nueva York, con Tom, cuando nos detuvimos cerca de los montones de ceniza; él se puso en pie de un salto, y cogiéndome del brazo, me precipitó literalmente fuera del coche:

—Bajemos —insistió—, quiero que conozcas a mi chica.

Me parece que durante el almuerzo había empinado el codo en demasía, y su decisión de tener mi compañía rayaba en la violencia. Su arrogante suposición era que un domingo por la tarde yo no podía tener nada mejor que hacer.

Le seguí a lo largo de la verja, pintada de blanco, que separa el camino de la vía; caminamos unas cien yardas por la carretera, bajo la insistente mirada del doctor T. J. Eckleburg. El único edificio que aparecía a la vista era un pequeño bloque de ladrillo amarillo, asentado al borde del sucio erial, una especie de compacta calle Mayor, encargada de suministrarle provisiones, y rodeándolo todo, la más absoluta nada. Una de las tres tiendas estaba por alquilar, la otra era un restaurante abierto toda la noche, al que se llegaba por un sendero de ceniza, la tercera era un taller; «Reparaciones, George B. Wilson. Compra y venta de coches», rezaba el letrero; seguí a Tom al interior de este local.

El taller tenía un aspecto poco próspero y muy desnudo; el único coche visible eran los restos de un Ford recubierto de polvo, agazapado en un oscuro rincón. Se me estaba ocurriendo que esta sombra de garaje no era más que una tapadera, y que suntuosos, a la par que románticos, departamentos estarían disimulados arriba, cuando el propietario apareció en la puerta de un despachito, limpiándose las manos en un trozo de borra. Era rubio, apagado, anémico y de una elegancia mortecina. Al vernos, un húmedo destello de esperanza asomó a sus pupilas, de un azul claro.

—Hola, Wilson, chico —dijo Tom, golpeándole jovialmente el hombro—. ¿Cómo van las cosas?

—No me puedo quejar —contestó Wilson, poco convencido—. ¿Cuándo me vende ese coche?

—La semana próxima. Mi mecánico está arreglándolo.

—Va muy despacio, ¿no es verdad?

—No —repuso Tom, fríamente—, y si piensa así, Wilson, quizá valdrá más que lo venda en otro lado.

—No quise decir eso —se justificó Wilson, apresuradamente—, sólo quise...

Su voz se apagó, y Tom miró con impaciencia a su alrededor. Se oyeron pasos por las escaleras, y la robusta silueta de una mujer ocultó la luz de la puerta del despachito. Debía de tener treinta y tantos años, era algo gruesa, aunque llevaba las carnes con la sugestiva sensualidad de algunas mujeres. Su rostro, que asomaba por encima de un traje a lunares, de crepé de china azul oscuro, no ofrecía ninguna faceta o destello de belleza, mas en torno suyo latía una vitalidad perceptible al instante, como si todos los nervios de su cuerpo se hallaran en continua combustión. Sonrió levemente, y pasando por el lado de su marido, como si fuera un fantasma, estrechó la mano de Tom, mirándole a los ojos. Se humedeció los labios, y sin volverse, se dirigió a su marido, con voz ronca y suave:

—Tráete algunas sillas, ¿por qué no las sacas? Alguien podrá sentarse.

—Oh, sí —asintió Wilson apresuradamente, y penetró en el pequeño despacho, confundiéndose con el color ceniciento de las paredes. Una capa de blanca ceniza velaba su oscuro traje, sus pálidos cabellos, igual que velaba todo cuanto le rodeaba, excepto su mujer, que se aproximó más a Tom.

—Quiero verte —dijo Tom, ansiosamente—. Toma el próximo tren.

—De acuerdo.

—Te esperaré junto al puesto de periódicos, en el paso a nivel de abajo.

Asintió ella, apartándose en el preciso momento en que George Wilson salía con dos sillas.

La esperamos abajo, en la carretera, lejos de la vista de la gente. Faltaban pocos días para el 4 de julio, y un chiquillo italiano, gris y flaco, ponía cohetes en fila, a lo largo de la vía del tren.

—Terrible lugar, ¿no es cierto? —dijo Tom, cambiando un fruncimiento de cejas con el doctor Eckleburg.

—Espantoso.

—Le hace bien alejarse un poco.

—¿El marido no dice nada?

—¿Wilson? Cree que se va a ver a su hermana, que está en Nueva York. El pobre es tan corto que ni se ha dado cuenta de que está vivo.

Así es que Tom Buchanan, su amante y yo fuimos juntos a Nueva York. ¡Oh!, no materialmente juntos, pues Mrs. Wilson iba discretamente sentada en otro vagón. Tom brindaba esta muestra de condescendencia para con los sentimientos de los habitantes de East Egg que pudieran viajar en el tren.

La mujer se había cambiado de traje; llevaba un vestido de una imitación de muselina castaño que, cuando Tom la ayudó a apearse en el andén de Nueva York, se ajustó estrechamente a sus caderas. En el puesto de periódicos, compró un ejemplar de *Town Tattle* y una revista de cine; en la droguería de la estación, *coldcream* y una botellita de perfume. Una vez arriba, en la solemne superficie llena de ecos, dejó pasar cuatro taxis antes de escoger uno nuevecito, de color lavanda, con tapicería gris. En él nos deslizamos fuera de la mole de la estación, adentrándonos en el resplandeciente sol. Pero, casi al instante, ella se apartó bruscamente de la ventanilla y, echándose hacia adelante, golpeó el cristal.

—Quiero uno de esos perros —dijo, con vehemencia—. Quiero uno para el piso; ¡es tan agradable tener un perro!

Retrocedimos hasta acercarnos a un anciano de grises cabellos, que tenía un absurdo parecido con John D. Rockefeller. En una cesta que colgaba de su cuello, temblaban, asustados, una docena de muy recientes cachorrillos, de raza indeterminada.

—¿De qué raza son? —preguntó Mrs. Wilson, al acercarse el hombre a la ventanilla.

—De todas las razas. ¿Cuál quiere usted, señora?

—Un perro policía, ¿no tendrá usted?

El hombre miró la cesta con cierta duda, metió la mano, y sacó, agarrándolo por la piel del lomo, un cachorrillo que se retorcía débilmente.

—No es perro policía.

—Bueno, no es exactamente un perro policía —reconoció el hombre, con decepcionada voz—. Más bien es un Airedale —pasó la mano por el castaño estropajo de la espalda—. Fíjese en este pelo..., ¡menudo pelo! Este perro nunca la molestará con resfriados.

—Me parece monísimo —dijo Mrs. Wilson, entusiasmada—. ¿Cuánto vale?

—¿Este perro? —lo miró, lleno de admiración—. Le costará diez dólares.

El Airedale —porque, indudablemente, algo tenía que ver con un Airedale, aunque sus patas fueran sorprendentemente blancas—, cambió de manos y se aposentó en el regazo de Mrs. Wilson, que acarició, arrobada, aquel pelo a prueba de todo.

—¿Es chico o chica? —inquirió ella delicadamente.

—¿Ese perro? Es chico.

—Es una perra —contradijo Tom, firmemente—. Aquí tiene su dinero. Vaya y cómprese otros diez perros con él.

Nos dirigimos a la Quinta Avenida, suave y cálida, casi pastoral, en la estival tarde de domingo. No me hubiera extrañado ver un gran rebaño de blancas ovejas dando la vuelta a una esquina.

—Parad —dije—, debo dejaros.

—No —se negó Tom, rápidamente—, Myrtle se disgustará si no vienes al piso, ¿verdad, Myrtle?

—Venga usted —me ordenó ella—. Telefonearé a

Catherine, mi hermana. Gente muy entendida la considera hermosísima.

—Me gustaría, pero...

Proseguimos, cortando otra vez el parque, hacia los West Hundreds; al llegar a la calle 158, el coche se detuvo ante una rebanada de un largo y blanco pastel hecho de casas y de pisos. Con una majestuosa mirada de retorno al hogar, Mrs. Wilson cogió al perro y sus demás adquisiciones, y entró altivamente.

—Diré a los McKee que vengan —anunció, mientras el ascensor se elevaba—. Y, naturalmente, también llamaré a mi hermana.

El apartamento estaba en el último piso; constaba de un pequeño living, un pequeño comedor, un pequeño dormitorio y un baño. El cuarto de estar aparecía atestado hasta las puertas por un juego de muebles tapizados, demasiado grandes para la habitación, de modo que moverse equivalía a tropezar continuamente con escenas de damas columpiándose en los jardines de Versalles. El único cuadro era una fotografía ampliada; al parecer, se trataba de una gallina sentada sobre una borrosa piedra; sin embargo, mirada a cierta distancia, la gallina se convertía en un gorro, y el rostro de una obesa señora miraba desde la pared. En la mesa aparecían varios números atrasados de *Town Tattle*, junto con un ejemplar de *Simon Called Peter* y algunas revistas de chismes de Broadway. Lo primero que Mrs. Wilson hizo fue ocuparse del perrito. Un botones del ascensor salió, con evidente mala gana, a buscar leche y un cajón de paja, a lo que añadió, por propia iniciativa, una lata de bizcochos para perros, largos y duros, uno de los cuales se estuvo deshaciendo toda la tarde, indiferente, en el platillo de leche. Tom, entretanto, sacó una botella de whisky de un departamento del escritorio.

En mi vida sólo me he emborrachado dos veces; la

segunda vez fue aquella tarde, así es que todo cuanto ocurrió está rodeado de una opaca niebla, a pesar de que el piso estuvo lleno de alegre sol hasta después de las ocho. Mrs. Wilson, sentada en las rodillas de Tom, llamó por teléfono a varias personas. Entonces faltaron cigarrillos y yo me encargué de comprarlos en la droguería de la esquina. A mi regreso, ambos habían desaparecido. Me senté, discretamente, en el cuarto de estar, dedicándome a la lectura de un capítulo de *Simon Called Peter*. O lo que leí era muy malo, o el whisky tergiversaba las cosas, pues no hallé el menor sentido en toda mi lectura.

En el momento en que Tom y Myrtle (tras la primera copa Mrs. Wilson y yo empezamos a llamarnos por nuestros nombres de pila) reaparecieron, la gente comenzó a llamar a la puerta del piso.

Catherine, la hermana, era una esbelta y mundana muchacha, de unos treinta años, de compacta y pegajosa melena roja y cutis empolvado de un blanco lechoso. Se había depilado totalmente las cejas, dibujándolas luego en un ángulo más llamativo, pero los esfuerzos de la Naturaleza por la restauración de la línea original, daban a su rostro una expresión confusa. Cada vez que se movía, se oía el incesante tintinear de innumerables brazaletes de porcelana que se deslizaban arriba y abajo de sus brazos. Irrumpió en el piso con tal porte de ama y señora, mirando los muebles con tal aire de propietaria, que me pregunté si viviría allí. Pero cuando me decidí a preguntárselo personalmente se echó a reír desenfrenadamente, repitió mi pregunta en voz alta, y me dijo que vivía en un hotel, con una amiga.

Mr. McKee era un hombrecillo pálido, afeminado de pies a cabeza. Acababa de afeitarse, pues tenía una blanca mancha de espuma en el pómulo; en su saludo a todos los allí reunidos, se mostró sumamente respetuoso. Me comunicó que estaba en el «ramo artístico». Más tarde supe que era fotógrafo, y que había hecho la opaca ampliación de la madre de Mrs. Wilson, que flotaba cual ectoplasma sobre la pared. Su mujer era aguda, lánguida, hermosa y horrible. Me dijo, con orgullo, que desde que se casaron, su marido la había fotografiado ciento veintisiete veces.

Mrs. Wilson se había cambiado de traje poco antes; ahora llevaba un complicado vestido de tarde, de *chiffon* color crema, que, cuando ella se movía por la habitación, emitía un continuo fru-fru. Bajo la influencia del traje, cambió también su personalidad. Aquella intensa vitalidad, tan notable en el garaje, se había transformado en impresionante altivez. Su risa, sus gestos, sus afirmaciones, se hicieron, momento tras momento, más violentamente afectadas, y al desplegarse, la habitación se hizo pequeña hasta parecer que giraba en un ruidoso y chirriante eje, a través de la atmósfera llena de humo.

—Hija —dijo a su hermana, con un chillido tan fuerte como afectado—, la mayor parte de esa gentuza es capaz de engañarte a la primera oportunidad. No piensan más que en el dinero. La semana pasada vino una mujer a mirarme los pies, y cuando me presentó la factura, parecía pretender que me había sacado el apéndice.

—¿Cómo se llamaba? —preguntó Mrs. McKee.

—Mrs. Eberhardt... Va por las casas cuidando los pies de la gente.

—Me gusta su traje —observó Mrs. McKee, en un alucinante cambio de tema—. La encuentro adorable.

Mrs. Wilson rechazó el cumplido, alzando las cejas despectivamente.

—Es una birria... viejo... Me lo pongo a veces. Cuando no me importa la facha que pueda tener.

—¡Si le cae la mar de bien! Comprenda lo que quiero decir —prosiguió Mrs. McKee—. Si Chester pudiera cogerla en esa actitud, me parece que haría algo bueno.

Todos contemplamos silenciosamente a Mrs. Wilson, la cual apartó de sus ojos un mechón de cabello y nos miró con brillante sonrisa. Mr. McKee la observó fijamente, ladeando la cabeza y volviendo la mano de un lado a otro, frente a su cara.

—Cambiaría la luz —dijo, al cabo de un momento—. Me gustaría destacar el modelado de las facciones, procuraría sacar todo el cabello de atrás.

—Pues yo no cambiaría la luz —exclamó Mrs. McKee—. Me parece...

Su marido murmuró «¡chitón!» y todos volvimos a mirar a Mrs. Wilson, mientras Tom Buchanan bostezaba ruidosamente y se ponía en pie.

—¡Eh, vosotros, McKee, bebed algo! Myrtle, antes de que la gente se duerma, saca más hielo y agua mineral.

—Le dije al chico que trajera hielo. —Myrtle levantó las cejas con expresión de desespero por las pocas ganas de cumplir su obligación que las bajas esferas demuestran—. ¡Esa gente! Siempre hay que andar detrás de ellos...

Me miró echándose a reír tontamente, luego se precipitó hacia el perro, besándolo arrobada, y se deslizó a la cocina, como insinuando que media docena de *chefs* aguardaban sus órdenes.

—He hecho algunas cosas bonitas en Long Island —manifestó Mr. McKee.

Tom le miró inexpresivamente.

—Abajo tenemos enmarcadas un par de ellas.

—¿Un par de qué?

—Dos estudios. Uno lo titulo *Montauk Point-Las gaviotas*, y el otro *Montauk Point-El mar*.

Catherine se sentó a mi lado en el diván.

—¿Usted también vive en Long Island? —preguntó.

—Vivo en West Egg.

—¿De veras? Hace un mes estuve allí, en una fiesta. En casa de un tipo llamado Gatsby. ¿Le conoce?

—Vivo al lado de su casa.

—Pues dicen que es sobrino carnal del káiser Guillermo. De ahí procede su dinero.

—¡Ah! ¿Sí?

Asintió.

—Es un hombre que me da miedo. Me fastidiaría que se interesara por mí.

Esta interesantísima información sobre mi vecino fue interrumpida por Mrs. McKee, que señaló bruscamente a Catherine.

—Oye, Chester, me parece que lograrías algo bueno con ella —dijo.

Mr. McKee asintió con aire aburrido, y dirigió su atención a Tom.

—Me gustaría poder trabajar más en Long Island... Si encontrara la manera de introducirme... Todo lo que pido es un empujón.

—Pídaselo a Myrtle —dijo Tom, rompiendo en una sonora carcajada, en el instante en que Mrs. Wilson aparecía llevando una bandeja—. Le darás cartas de presentación, ¿verdad que sí, Myrtle?

—¿Que haré qué...? —preguntó ella extrañada.

—Dar a McKee una carta de presentación dirigida a tu marido, para que haga algunos estudios... —sus labios se movieron silenciosamente al improvisar—: *George B. Wilson y la bomba de gasolina*, o algo parecido.

Catherine se inclinó hacia mí, susurrándome al oído:

—Ni uno ni otro pueden soportar a la persona con quien están casados.

—Ah, ¿no?

—No, no los pueden aguantar. —Miró a Myrtle, luego a Tom—. Yo me pregunto: ¿por qué siguen viviendo con ellos si están hartos? Por mi parte, me divorciaría, y nos casaríamos enseguida.

—¿Tampoco a ella le gusta Wilson?

La respuesta fue inesperada; provino de Myrtle, que había oído la pregunta, y resultó tan violenta como obscena.

—¿Lo ve? —exclamó Catherine, triunfante, bajando de nuevo la voz—. En realidad, la mujer es la que les mantiene separados. Es católica; los católicos no admiten el divorcio.

Daisy no era católica, de modo que me extrañó lo rebuscado de la excusa.

—Cuando se casen —prosiguió Catherine— se irán una temporada al Oeste, hasta que las cosas se calmen.

—Sería más discreto irse a Europa.

—¡Oh!, ¿le gusta Europa? —exclamó ella sorprendida—. Acabo de llegar de Montecarlo.

—¿De veras?

—Justo el año pasado. Fui con otra chica.

—¿Estuvieron allí mucho tiempo?

—No; sólo estuvimos en Montecarlo y volvimos. Fuimos por Marsella. Cuando empezamos, teníamos mil doscientos dólares, pero en las salas privadas nos desplumaron en dos días. El regreso fue horrible... ¡Se lo digo yo! ¡Santo Dios! ¡Cómo odio esa ciudad!

Por un instante floreció en la ventana el cielo del crepúsculo, de un azul parecido a la dulce transparencia del Mediterráneo; luego, la aguda voz de Mrs. McKee me trajo de nuevo a la habitación.

—También yo estuve a punto de cometer una equivocación —afirmó vigorosamente—. Un poco más, y me caso con un tipejo que venía pretendiéndome desde hacía mucho tiempo. Sabía que era inferior a mí;

todo el mundo lo decía: «Ese hombre, Lucille, vale mucho menos que tú.» Sin embargo, si no llego a encontrar a Chester, seguro que me pilla.

—Sí, pero oiga una cosa —dijo Myrtle, agitando la cabeza de arriba abajo—, por lo menos no se casó con él.

—¡Ya lo sé!

—Bueno, pues yo *sí* me casé con él —murmuró Myrtle, ambiguamente—. Y aquí reside la diferencia entre su caso y el mío.

—¿Por qué lo hiciste, Myrtle? —inquirió Catherine—. Nadie te obligó.

Myrtle reflexionó.

—Me casé porque le creí un caballero —dijo, al cabo de un rato—. Creí que tendría un poco de educación, pero no me llega a la suela del zapato.

—¡Pues estuviste durante una temporada loca por él! —exclamó Catherine.

—¡Loca por él! —repitió Myrtle, escandalizada—. ¿Quién ha dicho que estuve loca por él? ¡He estado tan loca por él como por ese hombre!

De repente me señaló; todos me miraron acusadoramente, y con la expresión de mi rostro intenté demostrar que no esperaba de ella el menor afecto.

—En lo único que no tuve juicio fue casándome con él. Casi en el acto me di cuenta de que había cometido un error. Para casarse le pidió prestado a un amigo su mejor traje, y no me lo dijo. Un día, mientras él estaba fuera, su amigo vino a buscarlo.

»"Oh, ¿es su traje? —le pregunté—. No sabía absolutamente nada", pero se lo di y después estuve llorando a moco tendido toda la tarde.

—En realidad, debería abandonarlo —resumió Catherine, dirigiéndose a mí—. Durante once años han estado viviendo encima de ese garaje. Tom es el primer amor que ha tenido.

La botella de whisky, la segunda, se hallaba ahora en constante solicitud por parte de todos, a excepción de Catherine, «que se ponía muy bien sin beber nada». Tom llamó al portero, enviándole a buscar unos bocadillos muy famosos que «por sí solos constituían una cena completa». Quería levantarme e irme a pasear por el Este, por el parque, bajo el suave crepúsculo: sin embargo, cada vez, que lo intentaba, me encontraba enredado en alguna violenta y absurda discusión que me ataba otra vez como con cuerdas, a la silla. De todas maneras, en lo más alto de la ciudad, nuestra hilera de amarillas ventanas debió ofrendar su parte de humana intimidad al transeúnte que paseando por las calles levantara la vista indiferentemente; y me lo imaginaba mirando hacia arriba, intrigado. Me sentía dentro y fuera, encantado y repelido, a la par, por la inextinguible variedad de la vida.

Myrtle colocó su silla junto a la mía y, de repente, su cálido aliento me vertió la historia de su primera entrevista con Tom.

—Fue en el tren, en los dos asientos, uno frente al otro, que son siempre los últimos que quedan vacíos. Yo iba a Nueva York, para ver a mi hermana y pasar allí la noche. Él llevaba frac y zapatos de charol. No podía apartar la vista de él, porque cada vez que me miraba fingía estar contemplando el anuncio que colgaba encima de su cabeza. Al entrar en la estación, se hallaba a mi lado, la pechera de su camisa se apretaba contra mi brazo. Le dije que llamaría a un policía, pero supo que mentía. Estaba tan excitada que, cuando subimos a un taxi, ni me di cuenta de que no iba en Metro. Sólo podía pensar, una y otra vez: «No se vive siempre, no se vive siempre...»

Se volvió hacia Mrs. McKee, y la habitación resonó llena de su risa artificial.

—Querida: le daré este traje, tan pronto como me

lo quite. Mañana me compraré otro. Voy a hacer una lista de todas las cosas que he de comprar. Masaje, peluquero, collar para el perro, uno de esos monísimos ceniceros con resorte, una corona con lazo de seda negra para la tumba de mamá, de las que duran todo el verano... Estoy viendo que tendré que hacer una lista para no olvidar nada de lo que tengo que comprar.

Eran las nueve de la noche. Casi al instante volvía a mirar el reloj: eran las diez. Mr. McKee estaba dormido en una silla, con los puños crispados sobre las rodillas, como la fotografía de un hombre de acción. Sacando mi pañuelo, limpié la mancha de espuma de su mejilla, que me tuvo obsesionado toda la tarde.

El perrito se había sentado sobre la mesa, mirando con aturdidos ojos a través del humo; de vez en cuando gemía débilmente. La gente desaparecía, reaparecía, hacía planes para ir a algún sitio; luego se perdían, se buscaban, se encontraban a pocos metros de distancia. A eso de medianoche, Tom Buchanan y Mrs. Wilson se enfrentaron acaloradamente, discutiendo, con vehemencia, si Mrs. Wilson tenía derecho a mencionar el nombre de Daisy.

—¡Daisy... Daisy... Daisy! —gritaba Mrs. Wilson—. Lo repetiré siempre que me dé la gana. ¡Daisy! ¡Dai...!

Con un breve y rápido movimiento, Tom le rompió la nariz de un manotazo.

Entonces hubo toallas ensangrentadas en el suelo del cuarto de baño, voces de mujeres que reñían y, elevándose por encima de la confusión, un largo y agudo gemido de dolor. Mr. McKee despertó de su sueñecito y, desconcertado, se dirigió hacia la puerta; cuando estuvo a medio camino, dio la vuelta, contemplando la escena: su mujer y Catherine reñían y consolaban, tropezando por aquí y por allá con los aglomerados muebles, queriendo prestar ayuda, mientras la desesperada mujer se agitaba en el diván sangrando copiosamente e intentando colgar un número de *Town Tattle* encima de las escenas de Versalles. Mr. McKee se volvió y salió. Le seguí, descolgando mi sombrero de la lámpara.

—Véngase a almorzar algún día —sugirió, mientras el ascensor bajaba con un sordo gruñido.

—¿Dónde...?

—En cualquier parte.

—¡Eh!, aparten las manos de la palanca —exclamó, bruscamente, el chico del ascensor.

—Usted perdone —murmuró McKee, con gran dignidad—. Ignoraba que la estaba tocando.

—Conforme —asentí—, con mucho gusto.

Estaba de pie, al lado de su cama, Mr. McKee se hallaba entre las sábanas, en ropa interior, sosteniendo un enorme cartapacio: *La bella y la bestia, Soledad, El viejo caballo...*

Más tarde, estaba tumbado, medio dormido, en el frío andén de la estación de Pennsylvania, hojeando el *Tribune* de la mañana y aguardando el tren de las cuatro.

CAPÍTULO III

En las noches de verano se oía música en la casa de mi vecino.

En sus azules jardines, hombres y mujeres iban y venían, semejantes a polillas, entre los susurros, el champaña y las estrellas. Por las tardes, a la hora de la marea alta, contemplaba a sus huéspedes zambullirse desde el trampolín de su piscina, o tomar el sol en la cálida arena de su playa, en tanto que sus dos lanchas a motor cortaban las aguas del Sound arrastrando, sobre cataratas de espuma, veloces acuaplanos. En los fines de semana, su Rolls Royce se convirtió en ómnibus, transportando gente desde o hacia la ciudad, a partir de las nueve de la mañana y hasta mucho después de medianoche, mientras su «rubia» corría, cual dinámico insecto amarillo, a recibir todos los trenes. Y los lunes, ocho criados, incluyendo un jardinero extra, trabajaban todo el día, con bayetas, cepillos, martillos y tijeras de jardín, reparando los destrozos de la noche anterior.

Cada viernes llegaban, enviados por un frutero de Nueva York, cinco cajones de naranjas y limones;

cada lunes salían esas mismas naranjas y limones por la puerta trasera, convertidas en una pirámide de secos gajos. En la cocina había una máquina que, en media hora, extraía el zumo de doscientas naranjas, si el pulgar del mayordomo apretaba doscientas veces un botoncito.

Al menos una vez cada quince días, un ejército de proveedores acudía con centenares de metros de lona y suficientes luces de colores para convertir el enorme jardín de Gatsby en un gigantesco árbol de Navidad. Los jamones curados se amontonaban junto a ensaladas de arlequinados dibujos, tocinitos de pastelería y pavos de un atractivo color dorado, que se sucedían en las mesas de bufet adornadas con relucientes entremeses. En el vestíbulo principal, se montaba un bar con un auténtico mostrador de latón, donde se alineaban los más variados licores, olvidados durante tanto tiempo que la mayoría de huéspedes femeninos eran demasiado jóvenes para conocerlos.

La orquesta llegaba alrededor de las siete de la tarde; no se trataba de un pobre conjunto de cinco instrumentos, sino de una orquesta completa, con oboes, trombones, saxofones, violas, clarinetes, flautines, tambores y bombos. Los últimos nadadores han regresado de la playa, se están vistiendo; los coches de Nueva York están aparcados de cinco en cinco en el fondo de la explanada, y los vestíbulos, salones y terrazas, bajo las cuales pasean melenitas cortadas en extraños y nuevos estilos, y mantones que exceden a todos los sueños de Castilla. El bar se halla en pleno apogeo, circulantes rondas de cócteles impregnan el jardín hasta que la atmósfera está colmada de charlas, risas, despreocupadas indirectas, presentaciones olvidadas al momento, y entusiastas reuniones de mujeres que nunca saben sus nombres.

Las luces aumentan en brillo en tanto que la tierra

se va apartando del sol; ahora suena música popular para la hora del cóctel. La ópera de las voces tiene un diapasón más elevado. Minuto por minuto, la risa suena más fácil, se desgrana con prodigalidad, se vuelca a la menor palabra alegre. Los grupos varían rápidamente, se hinchan con recién llegados, se disuelven y se forman en un mismo aliento; hay errantes y confiadas muchachas que revolotean de un lado a otro entre los grupos más ruidosos y estables, en un momento determinado se convierten en el centro de uno de ellos, y excitadas con el triunfo, se deslizan entre la oleada de rostros, voces y colores, bajo la iluminación constantemente mutable.

De súbito, una de esas gitanas, vestida de tembloroso opal, se apodera de un cóctel en el aire, se lo echa al coleto para cobrar valor, y moviendo las manos como Frisco, se pone a bailar sobre la plataforma de lona. Un momentáneo silencio; el director de orquesta cambia cortésmente el ritmo de la música, y estallan los comentarios, circula la equivocada información de que es la doble de Gilda Gray en el Follies. Ha empezado la fiesta.

Creo que la primera noche que acudí a casa de Gatsby, era yo uno de los pocos invitados que habían sido verdaderamente invitados. La gente no estaba invitada; acudía por las buenas. Se metían en automóviles que les llevaban a Long Island y, de una manera u otra, acababan en la puerta de Gatsby. Una vez allí, eran introducidos por alguien que conocía a Gatsby, y después se conducían de acuerdo con las reglas de conducta adecuadas a un parque de diversiones. A veces iban y venían sin haberle conocido. Acudían a las fiestas con una sencillez de corazón que era su propio billete de entrada.

Yo había sido realmente invitado. Un chófer, con uniforme azul cobalto, cruzó mi césped, a primera hora de la mañana de aquel sábado portador de una nota sorprendentemente ceremoniosa de su patrón: el honor sería de Gatsby, decía, si aquella noche asistía a su pequeña fiesta. Me había visto varias veces y hacía mucho tiempo que se había propuesto hacerme una visita, pero una singular combinación de circunstancias se lo había impedido; firmado, Jay Gatsby, con majestuosa letra.

Fui a su parque, poco después de las siete, vestido de franela blanca, y vagué, algo incómodo, entre remolinos y torbellinos de gente desconocida, aunque por aquí y por allá aparecía algún rostro que en ciertas ocasiones había visto en el tren. Inmediatamente me llamó la atención el número de elegantes muchachos ingleses, esparcidos por doquier, con aspecto algo hambriento y hablando en voz queda y ansiosa con sólidos y prósperos americanos. Tuve la impresión de que vendían algo, valores, seguros o automóviles. Por lo menos, se daban cuenta, desesperadamente, de la afluencia de dinero que giraba a su alrededor, convencidos de que, con unas palabras pronunciadas en debido tono, podría ser suyo.

Tan pronto como llegué intenté localizar a mi anfitrión, pero las dos personas a las que pregunté su paradero, me miraron con tal extrañeza y aseguraron con tal vehemencia no poseer ni el menor indicio de sus movimientos, que me largué en dirección a la mesa de cóctel, único lugar en el jardín donde un hombre solo podía entretenerse sin tener el aspecto de estar abandonado y sin saber qué hacer.

Estaba en vías de emborracharme como una cuba, de puro embarazo, cuando, de pronto, Jordan Baker salió de la casa, permaneciendo en la parte superior de la escalera, ligeramente recostada y mirando con despreciativo interés hacia el jardín. Pensé que se hacía imprescindible que me uniera a alguien, fuese bien o mal acogido, antes que empezar a dirigir cordiales observaciones a los que por mi lado pasaran.

—¡Hola...! —rugí, avanzando hacia ella. A través del jardín, mi voz sonó extrañamente vigorosa.

—Pensé que estarías por aquí —repuso, al tiempo que yo subía a reunirme con ella—. Me acordé de que vivías junto a la casa de...

Retuvo mi mano indiferentemente, como promesa de que dentro de un minuto cuidaría de mí, y prestó atención a dos muchachas, vestidas con idénticos trajes amarillos, que se pararon al pie de la escalera.

—¡Hola, tú...! —gritaron al unísono—. Ha sido una lástima que no hayas ganado.

Hablaban del torneo de golf. Miss Baker había perdido en la final, la semana anterior.

—Tú no nos conoces —dijo una de las chicas vestidas de amarillo—, pero nos encontramos aquí contigo, hará cosa de un mes.

—No te he reconocido porque te has teñido el cabello —observó Jordan, atrevidamente.

Me sobresalté al oírle decir semejante cosa, pero las chicas se habían marchado tranquilamente, y su observación fue a parar a la prematura luna que, al igual que la cena, había salido, seguramente, de la cesta de un proveedor. Con el esbelto y dorado brazo de Jordan apoyado en el mío, bajé las escaleras, y empezamos a pasear por el jardín. Ante nosotros, en medio del crepúsculo, flotaban las bandejas de cócteles; nos sentamos a una mesa, juntamente con las chicas vestidas de amarillo y tres hombres, cada uno de los cuales fue presentado como Mr. Mumble.

—¿Venís a menudo a estas fiestas? —preguntó Jordan a la chica que tenía a su lado.

—La última fue aquella en que te conocí —contestó la muchacha, con voz sonora y resuelta; y luego se volvió a su compañera—: ¿Verdad que para ti también fue la última, Lucille?

Para Lucille también lo había sido.

—Me gusta venir —dijo Lucille—. Nunca me preocupo de lo que hago y, claro está, siempre lo paso bien. La última vez me rompí el traje en una silla, él me pidió mi nombre y dirección, y, antes de una semana, recibí un paquete de Croirier, con un traje de noche, nuevecito.

—¿Te lo quedaste? —preguntó Jordan.

—Claro que sí. Esta noche me lo iba a poner, pero me viene grande de pecho y es preciso retocarlo. Es azul gas, con cuentas color lavanda. Total: doscientos cinco dólares.

—Hay algo raro en un tipo que hace una cosa así —intervino la otra chica—. No quiere complicaciones con nadie...

—¿Quién no las quiere? —pregunté.

—Gatsby. Alguien me contó...

Las chicas y Jordan se inclinaron confidencialmente:

—... Alguien me contó que se decía que había matado a un hombre...

Nos sacudió un instantáneo estremecimiento; los tres Mr. Mumble se inclinaron hacia adelante, escuchando con ansiedad.

—No lo creo —dijo Lucille, con escepticismo—, más bien diría que durante la guerra fue espía alemán.

Uno de los hombres asintió, corroborando la noticia:

—Se lo he oído decir a uno que lo conoce bien... Crecieron juntos en Alemania —afirmó resueltamente.

—¡Oh, no! —dijo la otra chica—, imposible; durante la guerra estuvo en el Ejército americano —y como nuestra credulidad volvió a ella, se echó hacia adelante entusiasmada—. Fíjense en él, cuando cree que nadie le mira... Apuesto a que mató a un hombre.

Entornó los ojos y se estremeció; Lucille se estremeció también; todos nos volvimos y miramos en torno nuestro, intentando localizar a Gatsby.

Y un testimonio de la romántica expectación que inspiraba, era que siempre murmurasen de él los que habían encontrado bien poco de qué murmurar en este mundo.

La primera cena —después de medianoche habría otra— estaba siendo servida, y Jordan me invitó a unirme a su grupo, desparramado en torno a una mesa, al otro lado del jardín. Eran tres matrimonios y el acompañante de Jordan, un obstinado estudiante, dado a la más ruidosa hilaridad, y bajo la más que evidente impresión de que Jordan iba a entregarle, tarde o temprano, su persona, en mayor o menor grado. En lugar de diseminarse, este grupo había conservado una digna homogeneidad y asumido la función de representar la circunspecta aristocracia del campo. (East Egg condescendiendo con West Egg, y cuidadosamente en guardia contra su espectroscópica alegría.)

—Larguémonos —susurró Jordan, después de media hora, más bien desalentadora e inadecuada—. Esto es demasiado fino para mí.

Nos levantamos. Ella se disculpó diciendo que íbamos en busca del anfitrión; yo no le conocía, dijo, y me sentía muy incómodo.

El estudiante asintió cínica y melancólicamente.

El bar, adonde fuimos primeramente, estaba lleno. Pero no encontramos allí a Gatsby. No le pudimos descubrir desde el rellano de la escalera, ni estaba tampoco en la terraza. Por si el azar le había llevado allí, empujamos una puerta de imponente aspecto, irrumpiendo en una alta biblioteca gótica, artesonada con roble inglés tallado, que probablemente había sido trasladada completa desde alguna ruina situada al otro lado del mar.

Un hombre grueso, de mediana edad, con enormes gafas de lechuza, estaba sentado, algo borracho, al borde de una gran mesa, contemplando con inquieta concentración los estantes repletos de libros. Al oírnos entrar, se volvió excitadamente y examinó a Jordan de pies a cabeza.

—¿Qué le parece? —preguntó, impetuosamente.

—¿Qué?

Movió la mano hacia los anaqueles.

—Eso. Por cierto, no tiene que molestarse en averiguarlo. Lo he averiguado: son de veras.

—¿Los libros?

Asintió.

—Absolutamente de veras, tienen páginas y demás cosas. Pensé que serían de bonito y duradero cartón. Le aseguro que son de veras, absolutamente... páginas y..., ande, déjeme que le enseñe.

Convencido de nuestro escepticismo, se precipitó hacia las librerías y regresó con el primer volumen de *Stoddard Lectures*.

—¿Han visto? —exclamó, triunfalmente—. Es un ejemplar *bona fide* de impreso... Este tío es un auténtico Belasco... ¡Un triunfo! ¡Qué perfección! ¡Qué realismo! Supo cuando debía parar..., no cortó las hojas..., pero, ¿qué quiere usted?, ¿qué puede esperarse?

Me quitó el libro y lo colocó apresuradamente en el estante, murmurando que si se sacaba un solo ladrillo, a lo mejor se derrumbaba la biblioteca.

—¿Quién les ha traído? —nos preguntó—. ¿O se limitaron a venir...? A mí me han traído..., a muchos les traen...

Jordan le miró con cierta alegre vivacidad sin decir una palabra.

—A mí me trajo una señora llamada Roosevelt

—continuó—, Mrs. Claude Roosevelt. ¿La conocen? Anoche me la presentaron en alguna parte... Ahora hará cosa de una semana que estoy borracho, y se me ocurrió que pasar un rato sentado en una biblioteca me serenaría.

—¿Y qué?

—Sí, me parece que un poquito. Aún no puedo asegurarlo. Sólo hace una hora que estoy aquí. ¿Les he contado lo de los libros? Esto... que son de veras... son...

—Ya nos lo ha dicho.

Gravemente nos estrechamos las manos y salimos.

Ahora se bailaba en el jardín bajo la lona. Los ancianos empujaban a jovencitas hacia atrás, en desgarbados círculos; varias parejas de aire superior, tortuosa y elegantemente enlazadas, buscaban los rincones, y un considerable número de chicas bailaban solas o aliviando a la orquesta, por un momento, de la carga del banjo u otros chirimbolos. A medianoche la hilaridad había aumentado. Un famoso tenor cantó en italiano, una notable contralto interpretó una pieza de *jazz*, y entre los números de atracciones la gente hacía sus comentarios en el jardín, en tanto que alegres y huecos estallidos de risa se elevaban al cielo estival. Un par de gemelas, destacadas figuras del teatro, que resultaron ser las chicas ataviadas de amarillo, representaron, debidamente caracterizadas, un número infantil. Y el champaña se sirvió en copas más grandes que fruteras. La luna, desde su altura, flotaba sobre el Sound como un triángulo de escamas de plata, estremeciéndose bajo el duro y menudo rasguear de los banjos del parque.

Yo continuaba en compañía de Jordan Baker. Nos sentamos en una mesa, con un hombre de mi edad y una jovencita alborotadora que, a la menor provocación, estallaba en irrefrenable risa. Ahora me divertía, me había tomado dos «fruteras» de champaña, y la escena, a mis ojos, se había transformado en algo significativo, elemental y profundo.

En una pausa de las atracciones, el hombre que estaba a mi lado me miró y sonrió:

—Su rostro me es familiar —dijo, cortésmente—. ¿Acaso durante la guerra estuvo usted en la Primera División?

—Pues sí, en la Veintiocho de Infantería.

—Yo estuve, hasta el año 1918, en la Dieciséis. Sabía que le había visto antes.

Durante un rato hablamos de ciertos grises y húmedos pueblecitos de Francia. Evidentemente, el hombre debía vivir en estos alrededores, ya que me dijo que acababa de comprar un hidroavión y que pensaba probarlo a la mañana siguiente.

—¿Quiere acompañarme, camarada? Iremos por el Sound, cerca de la playa.

—¿A qué hora?

—A la que mejor le convenga.

En la punta de la lengua tenía preguntarle su nombre cuando Jordan me miró y sonrió.

—¡Qué...! ¿Te diviertes ahora?

—Infinitamente más. —De nuevo me volví a mi vecino—. Para mí ésta es una fiesta algo rara; ni siquiera he visto al anfitrión. Vivo allí —con la mano hice un gesto en dirección al invisible seto— y Gatsby me envió el chófer con una invitación.

Mi interlocutor me contempló como si no acabara de entenderme.

—Soy Gatsby —exclamó de repente.

—¿Qué...? ¡Oh, le ruego que me disculpe!

—Creí que lo sabía, camarada. Me temo no ser un anfitrión muy atento...

Sonrió comprensivamente, mucho más que comprensivamente. Era una de esas raras sonrisas, con una calidad de eterna confianza, de esas que en toda la vida no se encuentran más que cuatro o cinco veces. Contemplaba, parecía contemplar por un instante el Universo entero, y luego se concentraba en uno con irresistible parcialidad; comprendía a uno hasta el límite en que uno deseaba ser comprendido, creía en uno como uno quisiera creer en sí mismo, y aseguraba que se llevaba la mejor impresión que uno quisiera producir. Al llegar a este punto, se desvaneció y me encontré frente a un elegante mozallón de unos treinta y uno o treinta y dos años, cuya rebuscada oratoria llegaba al absurdo. Un rato antes de presentarse, tuve la vigorosa sensación de que iba escogiendo las palabras una por una.

Casi en el mismo instante en que Mr. Gatsby se identificó, se precipitó el mayordomo comunicándole que Chicago le llamaba por teléfono. Nuestro anfitrión se disculpó con una pequeña inclinación de cabeza que nos incluyó a todos y a cada uno de nosotros.

—Si desea algo, pídalo, camarada —me recomendó—. Discúlpenme..., me reuniré con ustedes más tarde.

En cuanto se hubo ido, me volví a Jordan; me sentía impelido a expresarle mi sorpresa. Había esperado que Gatsby fuera una rubicunda y obesa persona, de cierta edad.

—¿Quién es? ¿Lo sabes? —le pregunté.

—Un sujeto llamado Gatsby.

—Quiero decir de dónde es..., qué hace...

—Ahora empiezas a meterte en el tema —me aseguró con pálida sonrisa—. Pues bien, una vez me dijo que había estado en la Universidad de Oxford.

Empezó a dibujarse una oscura perspectiva; sin embargo, no tardó en disiparse entre la observación que siguió:

—De todas maneras, no lo creo.

—¿Por qué?

—No lo sé... Sólo puedo decir que dudo de que fuera allí.

Algo, en su tono, me recordó el de la otra chica al decir: «Creo que ha matado a un hombre», y tuvo el efecto de estimular mi curiosidad. Habría aceptado, sin la menor objeción, la noticia de que Gatsby surgió de los pantanos de Louisiana o de los barrios más bajos del East Side de Nueva York. Era comprensible. Pero en mi provinciana inexperiencia, no creía que los jóvenes pudieran surgir así, bruscamente, de la nada, y comprarse un palacete en Long Island Sound.

—Sea como sea..., la cuestión es que da grandes fiestas —dijo Jordan, cambiando de asunto, con un cortés desagrado hacia los temas concretos—. Y las grandes fiestas me gustan, son tan íntimas..., las fiestas íntimas carecen de intimidad.

Se oyó el ruido de un bombo, y la voz del director de orquesta destacó súbitamente sobre el bullicio del jardín:

—Señoras y caballeros —exclamó—. A solicitud de Mr. Gatsby vamos a interpretar para ustedes la última composición de Mr. Vladimir Tostoff, que tanta atención despertó el pasado mes de mayo en el Carnegie Hall. Si leyeron los diarios, sabrán que fue un acontecimiento sensacional —sonrió con jovial condescendencia, añadiendo—: ¡Menuda sensación! —y todo el mundo se echó a reír—. La pieza es conocida —concluyó con vibrante tono de voz— como *La historia mundial en jazz*, por Vladimir Tostoff.

La naturaleza de la obra de Mr. Tostoff me eludió totalmente; en el preciso momento en que se inició, mis ojos se posaron en Gatsby, que estaba de pie en las escaleras de mármol, mirando con aprobación los grupos de gente. La atezada piel de su rostro parecía atractivamente tirante, y sus cortos cabellos tenían el aspecto de ser recortados diariamente. Nada siniestro se advertía en torno suyo. Me pregunté si el hecho de no beber ayudaba a hacerle resaltar entre sus huéspedes, pues me pareció que, conforme aumentaba la fraternal hilaridad, su corrección crecía. Al terminar la *Historia mundial en jazz*, las chicas apoyaron sus cabezas en hombros masculinos, semejantes a traviesos cachorrillos; otras se echaban juguetonamente hacia atrás, en brazos de muchachos, incluso entre los grupos, sabiendo que alguien impediría que cayeran; pero nadie se echó en brazos de Gatsby, ninguna melenita acariciaba sus hombros, ni se formaban armoniosos cuartetos teniendo como eslabón su cabeza.

—Perdonen.

El mayordomo de Gatsby apareció, de repente, junto a nosotros.

—¿Miss Baker? —preguntó—. Perdone... Mr. Gatsby desearía hablar con usted, a solas.

—¿Conmigo?

—Sí, Madame.

Mi compañera se levantó lentamente, alzando las cejas en actitud de sorpresa, y siguió al mayordomo a la casa. Observé que llevaba el traje de noche, al igual que todos los trajes, como si fueran atuendos deportivos; sus movimientos tenían gran ligereza, como si sus primeros pasos hubieran sido dados en pistas de golf, en claras y frescas mañanas.

Estaba solo y eran casi las dos. Durante unos momentos salieron de una larga habitación con muchas ventanas abiertas a la terraza, unos confusos e intrigantes sonidos. Escapando del estudiante de Jordan, entregado ahora a una conversación de obstetricia con dos coristas, en la que me imploró que tomara parte, me fui adentro. Una de las chicas de amarillo tocaba el piano; a su lado cantaba una alta y pelirroja joven, perteneciente a un famoso coro. Había bebido cierta considerable cantidad de champaña, y en el curso del canto tomó la insensata decisión de pensar que todo era muy triste; ya no cantaba, lloraba. Saturaba sus pausas con entrecortados y jadeantes sollozos, y reemprendía el canto con temblorosa voz de soprano. Las lágrimas corrían por sus mejillas aunque no con plena libertad, pues al ponerse en contacto con sus embadurnadas pestañas, adquirían un negro color de tinta y proseguían su camino en lentos y negros riachuelos. Se le hizo la jocosa sugerencia de que cantase las notas que aparecían en su rostro; entonces, tendió las manos y se hundió en una silla, entregándose a un profundo y vinoso sueño.

—Se ha peleado con un hombre que dice que es su marido —explicó la chica que tenía a mi lado.

Miré en torno de mí. La mayor parte de las mujeres que quedaban, se peleaban con hombres que decían que eran sus amigos. Incluso el grupo de Jordan, el tercero de West Egg, estaba siendo desgarrado por la disensión: uno de los muchachos hablaba con extraño apasionamiento a una joven actriz, y su mujer, tras intentar reírse de la situación, adoptando indiferente y digno talante, perdió la serenidad y recurrió a los ataques de flanco. Aparecía a intervalos, súbitamente, cual airado diablo, silbando a sus oídos: «Me prometiste...»

La desgana de irse no estaba limitada a hombres descarriados. El vestíbulo se hallaba ahora ocupado por dos hombres deplorablemente serenos, y sus profundamente indignadas esposas, que simpatizaban una con otra, exclamaban, con voces ligeramente agudas:

—Cada vez que ve que me divierto quiere largarse a casa.

—En la vida he visto nada tan egoísta.

—Siempre somos los primeros en irnos.

—Lo mismo que nosotros.

—Bueno..., esta noche somos casi los últimos —dijo uno de los maridos con algo de timidez—. Hace media hora que la orquesta se ha ido.

A pesar de que las mujeres convinieron en que semejante perversidad excedía a los límites de la imaginación, la disputa terminó en breve lucha y ambas mujeres, pataleando en la oscuridad, fueron levantadas en vilo.

En el vestíbulo, mientras esperaba mi sombrero, se abrió la puerta de la biblioteca y Jordan Baker y Gatsby salieron juntos; éste le hacía alguna última recomendación, pero la vehemencia de sus gestos se convirtió, bruscamente, en ceremoniosidad, al acercársele varias personas a despedirse.

El grupo de Jordan la llamaba impacientemente desde el pórtico, pero ella se entretuvo en estrecharme la mano.

—He oído lo más sorprendente del mundo —susurró—. ¿Cuánto rato hemos estado?

—Cosa de una hora.

—Fue... sencillamente sorprendente —repitió, abstraída—, pero he jurado que no diría nada y... te estoy tentando —me bostezó graciosamente a la cara—. Haz el favor de venir a verme. Listín telefónico... Al nombre de Mrs. Sigourney Howard... mi tía. —Mientras hablaba, se alejaba apresuradamente; al unirse a su grupo, en la puerta, su mano me hizo un garboso saludo.

Algo avergonzado de que en mi primera visita me rezagara tanto, me uní a los últimos huéspedes de Gatsby, que estaban arremolinados en torno suyo. Quería explicarle que a primera hora de la noche le había estado buscando y, al propio tiempo, disculparme por no haberle conocido en el jardín.

—No se preocupe —me recomendó con vehemencia—. No piense más en ello, camarada —la familiar expresión no tenía mayor familiaridad que la mano que tranquilizadoramente rozaba mi espalda—. Y no lo olvide: mañana, a las nueve, subiremos al hidroavión.

A sus espaldas, el mayordomo murmuró:

—Filadelfia al teléfono, señor.

—Muy bien, es un segundo. Dígales que me pongo en seguida. Buenas noches.

—Buenas noches.

—Buenas noches —sonrió y, de súbito, pareció que el hallarme entre los últimos que se iban tenía para él un agradable significado, como si todo el tiempo lo hubiera estado deseando—. Buenas noches..., buenas noches.

Sin embargo, mientras bajaba la escalera, vi que la velada no había concluido aún. A quince pies de la puerta, una docena de focos iluminaban una bizarra y tumultuosa escena. En la cuneta, junto a la carretera, ligeramente ladeado, aunque violentamente despojado de una rueda, descansaba un coupé nuevecito que no hacía dos minutos que saliera de la explanada de Gatsby. El agudo saliente de una pared justificaba la separación de la rueda, que recibía considerable atención por parte de media docena de curiosos chóferes. Sin embargo, como habían dejado sus vehículos bloqueando la carretera, un áspero y discordante rumor de los que estaban a retaguardia había sido audible durante buen rato, acrecentando la ya de por sí violenta confusión de la escena.

Un hombre con un largo abrigo se apeó del coche averiado y se puso en medio de la carretera, mirando del coche a la llanta y de la llanta a los observadores, en forma sorprendida y agradable.

—Fíjense... —explicaba—. Se metió en la cuneta. Este hecho le resultaba infinitamente sorprendente;

primero reconocí el timbre asombrado de su voz, luego al individuo: era el último huésped de la biblioteca de Gatsby.

—¿Cómo ocurrió?

Se encogió de hombros.

—No sé ni tanto así de mecánica...

—Pero, ¿cómo fue? ¿Chocaron contra la pared?

—¡No me lo pregunte! —dijo «ojos de lechuza», desentendiéndose del accidente—. Apenas si sé conducir. Todo lo que sé es que ocurrió.

—Pues si no sabe conducir no debería hacer prácticas por la noche.

—¡Si ni siquiera lo intenté! —explicó el hombre indignado—. No lo he probado.

Un atemorizado silencio planeó entre los mirones.

—¿Pretende suicidarse?

—¡Ha tenido suerte de que sólo fuera una rueda! Un mal conductor, y ni siquiera se molesta en probar el coche.

—No me entienden —gritó el presunto criminal—. Yo no conducía..., en el coche va otro.

La impresión que siguió a esta declaración se manifestó en un «¡ahhh!» que surgió del público al abrirse lentamente la puerta del coche. La multitud —ahora era una multitud—, retrocedió involuntariamente, y cuando la portezuela se abrió de par en par, hubo una pausa fantasmal. Entonces, gradualmente, miembro a miembro, un pálido y oscilante individuo salió del coche, tentando el suelo con un largo y poco seguro escarpín de baile.

Cegado por el resplandor de los focos y confundido por el incesante gruñido de las bocinas, la aparición permaneció oscilando un momento, antes de percibir al hombre del abrigo.

—¿Qué ha pasado? —preguntó tranquilamente—. ¿Se acabó la gasolina?

—¡Fíjese...!

Media docena de dedos señalaron la amputada rueda; el hombre la contempló un instante y luego miró al cielo como si sospechara que había caído de allí.

—Se les soltó —explicó alguien.

El individuo asintió.

—Al principio, no me di cuenta de que habíamos parado.

Hizo una pausa. Después de una profunda inspiración y cuadrando los hombros, preguntó con voz resuelta:

—¿Podrían decirme dónde hay un puesto de gasolina?

Una docena de individuos, por lo menos, entre los que se encontraba alguno algo más sereno de lo que él estaba, intentaron explicarle que la rueda y el coche no estaban ya unidos por ningún lazo material.

—Bueno —dijo, al cabo de un rato—. Podemos ponerlo al revés.

—¡Pero la rueda ha saltado!

Vaciló.

—Nada perdemos con probarlo.

Las exasperadas bocinas habían llegado al máximo de enojo. Di la vuelta, crucé el césped y me dirigí a casa. Un gajo de luna resplandecía sobre la casa de Gatsby, haciendo la noche tan hermosa como antes, e imponiéndose a las risas y a los sonidos de su brillante jardín. Ahora se diría que de las puertas y ventanas emanaba un enorme vacío, que aislaba completamente la silueta del anfitrión, de pie en el pórtico, con la mano levantada en ceremonioso gesto de despedida.

Releyendo lo que hasta ahora llevo escrito, veo que doy la impresión de que los acontecimientos de tres noches, separadas por varias semanas, fueron todo lo que absorbió mi interés. Sin embargo, no representaron más que indiferentes acontecimientos de un agitado verano, y hasta mucho más tarde, me absorbieron infinitamente menos que mis asuntos particulares.

Durante la mayor parte del tiempo trabajaba. A primera hora de la mañana el sol proyectaba mi sombra al Oeste, mientras me apresuraba por los blancos precipicios del bajo Nueva York, rumbo al Probity Trust. Conocía a los demás empleados y a los jóvenes bolsistas por sus nombres de pila; almorzaba con ellos a base de salchichas de cerdo, puré de patata y café, en oscuros y atestados restaurantes. Incluso tuve un corto amorío con una chica que vivía en Jersey City y trabajaba en la sección de contabilidad, pero su hermano empezó a mirarme torvamente, así que cuando ella se fue de vacaciones en julio, dejé que el asunto se acabara tranquilamente.

Acostumbraba a cenar en el Yale Club y, por alguna razón, este hecho constituía el acontecimiento más sombrío del día. Luego me iba a la biblioteca y, durante una hora, estudiaba concienzudamente inversiones y valores. Generalmente, había allí unos cuantos juerguistas, pero nunca iban a la biblioteca, de modo que aquél era un buen lugar para trabajar. Más tarde, si la noche era agradable, pasaba por Madison Avenue, el viejo Murray Hill Hotel y la calle 22, hasta la estación de Pennsylvania.

Nueva York empezó a gustarme por su chispeante y aventurera sensación nocturna, y por la satisfacción que presta a la mirada humana su constante revoloteo de hombres, mujeres y máquinas. Gustaba de pasear por la Quinta Avenida y elegir románticas mujeres de entre la multitud; imaginar que dentro de breves minutos, irrumpiría en su vida sin que nadie lo supiera ni lo desaprobara. A veces las seguía, con el pensamiento, a sus pisos situados en esquinas de ocultas callejas, desde donde se volvían, sonriéndome, antes de desaparecer en la cálida oscuridad. En el encantador crepúsculo metropolitano, sentía a veces una obsesionante soledad, y la sentía también en otros pobres empleadillos que pasaban el rato frente a los escaparates, esperando la hora de una solitaria cena en un restaurante; empleadillos ociosos en el crepúsculo, que desperdiciaban los más conmovedores instantes de la noche y de la vida.

A las ocho, cuando las oscuras avenidas de los Forties estaban llenas de temblorosos taxis, alineados de cinco en fondo, rumbo al distrito teatral, sentía que mi corazón naufragaba. En el interior de los taxis se veían confusas siluetas tiernamente abrazadas, sonaban ráfagas de armoniosas canciones, estallaban risas provocadas por ininteligibles chistes, o brillaban las móviles brasas de los cigarrillos dibujando extraños jeroglíficos. Imaginando que también yo me precipitaba hacia la alegría y compartía su íntima excitación, les expresaba interiormente mis mejores deseos.

Por una temporada, perdí de vista a Jordan Baker; en la canícula, volví a encontrarla. Al principio, me halagaba ir con ella. Era campeona de golf, todo el mundo conocía su nombre. Luego hubo algo más. Aunque no estaba enamorado de ella, sentía una especie de tierna curiosidad. El displicente y altivo rostro que ofrecía al mundo ocultaba algo; la mayor parte de las poses estudiadas ocultan algo. Al principio no creí que su actitud fuera falsa, pero un día me enteré de lo que era. Asistimos a una fiesta en Warwick. Ella se dejó bajo la lluvia, con la capota levantada, un coche que le habían prestado, disculpándose más tarde con una mentira. Súbitamente, me vino a la memoria la historia que aquella noche, en casa de Daisy, no había podido recordar. En el primer torneo importante en que Jordan tomó parte, hubo una discusión que casi llegó a los periódicos: se dijo que había cometido una irregularidad de juego en la semifinal. El caso adquirió proporciones de escándalo; luego se apagó: un *caddy* se retractó, y el único testigo restante admitió que pudo haber sufrido una confusión. Aquel asunto, junto con el nombre de la protagonista, habían quedado grabados en mi mente.

Instintivamente, Jordan evitaba a los hombres inteligentes y astutos; comprendí que lo hacía porque se sentía más segura en un plano en el que cualquier divergencia de unas reglas se creyese de todo punto imposible. Carecía de todo sentido de honradez. No podía sentirse en desventaja, y dada esta repugnancia, supongo que empezó de muy joven a manejar subterfugios que le permitiesen mantener su fría e insolente sonrisa dirigida a la gente y satisfacer, al mismo tiempo, las exigencias de su duro y garboso cuerpo.

Para mí esto carecía de importancia. En una mujer, la falta de sinceridad no es cosa que se censure gravemente. Me sentí ligeramente entristecido, pero luego lo olvidé. En esa misma fecha, sostuvimos una curiosa conversación sobre el modo de conducir coches. Se inició porque pasamos tan cerca de unos obreros que el guardabarros le arrancó a uno un botón de la chaqueta.

—Conduces pésimamente —protesté—. Deberías tener más cuidado, o no conducir.

—Tengo cuidado.

—No, no lo tienes.

—Bueno, ya lo tienen los demás —replicó ella, con ligereza.

—¿Qué tiene eso que ver?

—Se apartan de mi camino. Para que haya un accidente tienen que ser dos.

—Supón que tropiezas con uno tan imprudente como tú.

—Espero que eso no llegue a suceder; me molesta la gente descuidada. Por eso me gustas tú.

Sus grises ojos, irritados por el sol, miraban de frente; no obstante, deliberadamente, había introducido un cambio en nuestras relaciones y, por un momento, pensé que la amaba. Pero soy lento en el pensar, estoy lleno de normas interiores que actúan como frenos sobre mis deseos. Sabía que lo primero que tenía que hacer era salir definitivamente del lío que tenía allá, en mi casa. Todas las semanas había escrito cartas firmando «con todo cariño, Nick», y todo lo que podía evocar era que, cuando cierta muchacha jugaba a tenis, en su labio superior se formaba un ligero vello de sudor. De todas formas, existía un vago compromiso que tenía que ser roto con tacto, antes de recobrar mi libertad.

Todos creemos que, como mínimo, poseemos una virtud capital; la mía es ésta: soy una de las pocas personas honradas que he conocido.

CAPÍTULO IV

El domingo por la mañana, mientras las campanas de las iglesias repicaban en las aldeas costeras, el mundo distinguido entraba en casa de Gatsby. La elegante concurrencia alternaba bulliciosamente.

—Es un contrabandista de alcohol —decían las jovencitas, yendo de un lado a otro, entre sus cócteles y sus flores—. Una vez mató a un hombre que se enteró de que era sobrino de Von Hindenburg, y primo segundo del diablo. Dame una rosa, encanto, y échame una última gota en la copa.

Una vez escribí en los espacios vacíos de una guía de ferrocarriles los nombres de los que, aquel verano, acudieron a casa de Gatsby. Ahora es ya una guía atrasada, desconchada por todos lados, en la que se lee: «Este horario tiene efecto a partir del día 5 de julio de 1922»; no obstante, quedan bien claros los grises nombres que, más expresivamente que mis generalizaciones, pueden dar idea de quiénes aceptaron la hospitalidad de Gatsby, pagándole el sutil tributo de no saber absolutamente nada de su persona.

Pues bien, de East Egg acudieron los Chester Becker, los Leeche, y un chico llamado Bunsen, a quien conocí en Yale; el doctor Webster Civet, que el verano pasado se ahogó en Maine. Los Hornbeam, los Willie Voltaire y una familia completa, la de los Blackbuck, que siempre se reunían en un rincón y arrugaban la nariz como las cabras, a cualquiera que se les acercara. Los Ismay y los Chrystie (estaría mejor decir Hubert Auerbach y la mujer de Mr. Chrystie), cuyos cabellos dicen que se volvieron blancos como el algodón, sin ningún motivo, una tarde de invierno.

Por lo que puedo recordar, Clarence Endive era también de East Egg. Sólo acudió una vez, luciendo blancos pantalones de golf, y se peleó en el jardín, con un pillastre llamado Etty. De otros puntos de la isla vinieron los Cheadle, los O. R. P. Schraeder y los Stonewall Jackson Abrams de Georgia, además de los Fishguard y los Ripley Snell. Snell estuvo allí tres días antes de ir a parar a la cárcel, tan borracho que llegó al extremo de tolerar que el coche de Mrs. Ulysses Swett le pasara por encima de la mano derecha. También asistieron los Dancie y S. B. Whitebait, que tenía más de sesenta años, Maurice A. Flink, los Hammerhead, y Beluga, el importador de tabaco, acompañado de sus hijas.

West Egg estuvo representado por los Pole, los Mulready, Cecil Roebuck, Cecil Schoen, Gulick, el senador del Estado, Newton Orchid, que controlaba Films Par Excellence, Eckhaust, Clyde Cohen, Don S. Schwartze (hijo), y Arthur McCarty, relacionados todos, en una u otra forma, con el cine. Por otro lado, los Catlip, los Bermberg, Earl Muldoon, que más tarde estranguló a su mujer. Da Fontano el promotor, Ed Legros, James B., alias *Rot-Gut*, Ferret, los De Jong y Ernest Lilly acudían a jugar, y cuando Ferret se paseaba por el jardín significaba que se había quedado sin un clavo y que, al próximo día, las acciones de la Associated Traction fluctuarían ventajosamente.

Con tanta asiduidad acudía un sujeto llamado Klipspringer, que se le conoció como el «pupilo». No creo que tuviera casa. El ramo teatral asistía en las personas de Gus Waize, Horace O'Donavan, Lester Myer, George Duckweed y Francis Bull. Entre los de Nueva York se contaban los Chrome, los Blackhysson, los Dennicker, Russel Bety, los Corrigan y los Kelleher, los Dewer, los Scully, S. W. Belcher, los Smirke, los jóvenes Qiunu, actualmente divorciados, y Henry L. Palmetto, que se suicidó arrojándose al Metro en Times Square.

Benny McClenahan llegaba siempre con cuatro chicas. Nunca eran las mismas, pero se parecían tanto entre sí que, inevitablemente, daban la impresión de haber estado ya otras veces allí. He olvidado sus nombres, aunque me parece que se llamaban Jaqueline, o Consuelo, Gloria, Judy o June, y sus apellidos eran melodiosos nombres de flores y de meses, o bien los más severos de los grandes capitalistas americanos, de los cuales declaraban ser primas, cuando alguien se empeñaba en saberlo.

Además de todos éstos, recuerdo a Faustina O'Brien, que vino por lo menos una vez; las chicas Baedeker, el joven Brewer, a quien arrancaron la nariz en la guerra; Mr. Albrucksburger y Miss Hagg, su prometida; Ardita Fitz-Peters, Mr. P. Jewett, en otro tiempo jefe de la American Legion, y Miss Claudia Hip, acompañada de un hombre del cual se decía que era su chófer y príncipe de alguna parte, y a quien llamábamos Duke; su verdadero nombre, si es que alguna vez lo supe, lo he olvidado.

Toda esa gente iba a casa de Gatsby durante el verano.

A las nueve de la mañana, a últimos de julio, el soberbio coche de Gatsby se deslizó por la rocosa pendiente hasta mi puerta, y dejó escapar por su claxon de tres notas un chorro de melodía. Era la primera vez que me visitaba, si bien yo había asistido a dos de sus fiestas, montado en su hidroavión y, ante su reiterada invitación, utilizado frecuentemente su playa.

—Buenos días, camarada. Hoy almorzarás conmigo... Pensé que podríamos salir juntos.

Se balanceaba sobre el guardabarros de su coche con la ligereza de movimientos tan peculiarmente americana —que proviene, supongo, de la ausencia de trabajos pesados en la juventud— y, sobre todo, con la ceremoniosa gracia de nuestros nerviosos, aunque esporádicos juegos. Esta cualidad asomaba continuamente a través de sus solemnes modales, bajo la forma de inquietud. Jamás estaba completamente quieto; siempre había un pie que golpeaba, o una mano que se abría y se cerraba impacientemente.

Me vio contemplar, con prolongada admiración, su coche.

—Bonito, ¿verdad? —Se apeó para que lo viera mejor—. ¿No lo habías visto antes?

Sí lo había visto; todo el mundo lo había visto. Era de color crema oscuro, con brillantes piezas niqueladas, hinchado aquí y allá en sus monstruosas dimensiones, con triunfantes sombrereras, cestas de fiambres, cajas de herramientas y plataformas que reflejaban en un laberinto de parabrisas una docena de soles. Sentados debajo de muchas capas de cristal, en una especie de invernadero de cuero verde, nos dirigimos a la ciudad.

Durante el último mes quizá había hablado con él media docena de veces y, con gran desilusión, advertí que tenía poco que decir. Así es que mi primera impresión de que se trataba de persona de indefinida importancia se desvaneció gradualmente para convertirse, simplemente, en el propietario del suntuoso palacio vecino de mi casa.

Y entonces tuvo lugar aquel desconcertante viaje. No habíamos llegado aún a West Egg, cuando Gatsby empezó a dejar inacabadas sus elegantes frases y a golpearse la rodilla con aire vacilante.

—Oye... —empezó inesperadamente—: ¿qué opinión tienes de mí?

Un poco azorado, recurrí a los banales subterfugios que la pregunta merecía.

—Bien, voy a contarte algo sobre mi vida —me interrumpió—. No quiero que a causa de las historias que lleguen a tus oídos, te formes una idea equivocada...

¡Así, pues, estaba enterado de las estrafalarias acusaciones que sazonaban las conversaciones en sus salones!

—Te juro por Dios que voy a decir la verdad. —Su mano derecha, extendida, contribuyó a solemnizar su juramento—. Soy hijo de una familia rica del Oeste Medio, actualmente extinguida. Nací en América, pero me eduqué en Oxford, porque durante varias generaciones mis antepasados se han educado allí. Es una tradición familiar...

Me miró a hurtadillas y comprendí por qué Jordan Baker pensaba que mentía. Dijo la frase «educado en Oxford», de prisa, como si se la tragara o sorbiera, como si antes le hubiera molestado. Y ante esta vacilación, su afirmación se esfumó. Me pregunté si, en el fondo, no latía algo siniestro en torno suyo.

—¿De qué parte del Oeste Medio? —pregunté despreocupadamente.

—San Francisco.

—¡Ah!

—Toda mi familia murió, y heredé mucho dinero.

Su voz tenía un tono solemne, como si aún le obsesionara el recuerdo de la súbita extinción de una tribu. Sospeché, por un instante, que me tomaba el pelo; sin embargo, una mirada me bastó para ver que no era así.

—Más tarde viví en todas las capitales extranjeras como un joven rajá..., coleccionando joyas, particularmente rubíes, dedicado a la caza mayor, pintando para mí, e intentando olvidar algo muy trágico que me sucedió hace mucho tiempo.

Con un gran esfuerzo logré contener mi incrédula risa. Aquellas frases estaban tan gastadas, tan raídas, que no evocaban ninguna imagen, excepto la de un tipo con turbante, derramando serrín por todos los poros mientras perseguía a un tigre por el Bois de Boulogne.

—Entonces vino la guerra, camarada. Fue un gran alivio; hice todo lo posible por hallar la muerte, pero se hubiera dicho que estaba hechizado. Acepté una misión como primer teniente. En el bosque de Argonne llevé al resto de mi batallón de ametralladoras tan adelante, que dejamos, a ambos lados, un hueco de media milla que la infantería no podía franquear. Allí permanecimos durante dos días y dos noches, ciento veinte hombres con dieciséis ametralladoras Lewis, y cuando, por fin, pudo llegar la infantería, encontré los estandartes de tres Divisiones alemanas entre los montones de muertos. Fui ascendido a mayor; todos los gobiernos aliados me condecoraron, incluso Montenegro, ¡el pequeño Montenegro, enclavado en el mar Adriático!

¡El pequeño Montenegro! Destacó las palabras y

se inclinó ante ellas con una sonrisa. La sonrisa comprendía la inquieta historia de Montenegro, simpatizando las bravas luchas de los montenegrinos. Apreciaba ampliamente la cadena de circunstancias internacionales que atrajeron este tributo del ardiente corazoncito de Montenegro. Mi incredulidad se había convertido en fascinación: aquello era semejante a hojear apresuradamente una docena de revistas.

Buscó en su bolsillo una pieza de metal que colgaba de una cinta, y la depositó en mi mano:

—Ésta es la de Montenegro.

Con profundo asombro, pude ver que el objeto tenía todas las apariencias de ser auténtico: «Orderi de Danilo», decía la inscripción circular. «Montenegro, Nicolás Rex.»

—Dale la vuelta.

—Mayor Jay Gatsby —leí—. Por su extraordinario valor.

—Mira, aquí hay otra cosa que siempre llevo encima. Un recuerdo de los días de Oxford. Fue sacada en Trinity Quad; éste de mi izquierda es ahora el conde de Doncaster.

En la fotografía había una docena de muchachos, con chaquetas de franela, colocados junto a una arcada, a través de la cual se veía una multitud de campanarios. Gatsby estaba allí. Un Gatsby un poco más joven, no mucho, con un palo de cricket en las manos.

Todo era verdad. Vi pieles de tigre llameando en su palacio del Gran Canal, le vi abriendo un cofre de rubíes para calmar, con sus transparencias de color carmesí, la tortura de su destrozado corazón.

—Hoy te voy a pedir un favor muy grande —dijo, guardándose sus recuerdos con aire satisfecho—. Por eso he creído que tenías que saber algo de mí. No quería que me creyeses un don nadie... Verás; por lo general, he vivido siempre entre extraños porque voy de un lado a otro, procurando olvidar la tragedia que me sucedió. —Vaciló—. Esta tarde lo sabrás.

—¿A la hora de almorzar?

—No, esta tarde. Me he enterado de que piensas ir a tomar el té con Miss Baker.

—¿Insinúas que estás enamorado de Miss Baker?

—¡Oh, no, no lo estoy! Sin embargo, Miss Baker ha tenido la amabilidad de acceder a hablarte del asunto.

No tenía la más leve idea de lo que pudiera ser el «asunto», pero me sentía más molesto que interesado. No le pedí a Jordan que fuésemos a tomar el té juntos para tratar de Mr. Gatsby. Tenía la seguridad de que la petición sería algo tremendamente fantástico, y por un momento, lamenté haber puesto los pies en su superpoblado césped.

No dijo ni una palabra más, y al acercarnos a la ciudad, su ceremoniosidad aumentó. Pasamos Port Roosevelt, desde donde vimos los buques de rojo cinturón, que zarpaban con lentitud; nos apresuramos por barrios bajos, de empedrados pavimentos, guarnecidos con las oscuras y concurridas tabernas del apagado oropel de 1900. Luego se abrió, a ambos lados, el valle de las cenizas, y al pasar pude ver a Mrs. Wilson manejando la bomba del garaje con jadeante vitalidad. Con los guardabarros abiertos, semejantes a alas, derramamos luz por medio Astoria; sólo medio porque cuando nos encaramábamos por el pilar de la meseta se dejó oír el familiar «chuck chuck» de una motocicleta, y un frenético policía apareció a nuestro lado.

—Bueno —dijo Gatsby—. Aminoraremos. —Sacando de la cartera una blanca tarjeta, la agitó ante los ojos del funcionario.

—Bien, señor —cedió el policía, tocándose la gorra—.

La próxima vez ya le conoceré, Mr. Gatsby; perdone.

—¿Qué le has enseñado? ¿La foto de Oxford?

—En determinada ocasión le hice un favor al comisario, y cada año, por Navidad, me manda una tarjeta.

Cruzamos el gran puente, bajo un radiante sol que lanzaba sus alegres rayos sobre los coches y sobre la ciudad, enorme montón de terrones de azúcar que se yergue, blanco y altivo, por encima del río. Desde el puente Queensbord, la ciudad se ofrece por primera vez a la vista como una promesa de toda la belleza y de todo el misterio del mundo.

Nos cruzamos con un cadáver conducido en un coche cargado de flores, y seguido por dos vehículos con las persianas echadas, que, a su vez, precedían a otros coches más alegres, para los amigos. Éstos nos miraron con sus trágicas pupilas que, como sus delgados labios superiores, delataban que eran oriundos de la Europa del Sudeste, y me congratulé de que la vista del espléndido coche de Gatsby quedara incluida en su sombrío acontecimiento. Al pasar por Blackwell's Island, me fijé en una limusina conducida por un chófer blanco, en la que iban sentados tres elegantes negros: dos hombres y una chica. Me puse a reír ruidosamente al tiempo que aquellos tipos nos miraban con altiva rivalidad.

«Ahora que hemos pasado el puente —pensé—, puede ocurrir cualquier cosa...»

Incluso a Gatsby podía ocurrirle algo sin que hubiera motivos de asombrarse demasiado.

Era mediodía. Me reuní con Gatsby para almorzar. En una bodega bien ventilada de la calle 42. Aturdido por el contraste entre la oscuridad del lugar y la luz de la calle, le descubrí dificultosamente en la antesala, hablando con otro.

—Mr. Carraway, mi amigo Mr. Wolfsheim.

Un judío bajito y chato levantó su enorme cabeza y me contempló, agitando dos magníficas matas de pelo que brotaban de sus fosas nasales; al cabo de un instante, descubrí, en la semioscuridad, sus ojillos.

—Así es que le miré —dijo Mr. Wolfsheim, estrechándome la mano fuertemente—, ¿y qué le parece que hice?

—¿Qué? —pregunté cortésmente.

Con toda evidencia no se dirigía a mí, puesto que dejó caer mi mano y apuntó a Gatsby con su expresiva nariz.

—Entregué el dinero a Katspaugh y le dije: «Bueno, Katspaugh, no le pague un chavo hasta que cierre el pico.» Y lo cerró allí mismo.

Gatsby nos cogió a ambos del brazo, y nos dirigimos al restaurante; Mr. Wolfsheim se tragó una frase que había iniciado, entregándose a una sonámbula abstracción.

—¿Albóndigas? —inquirió el *maître*.

—Es un buen restaurante —dijo Mr. Wolfsheim, contemplando las ninfas presbiterianas del techo—, aunque a mí me gusta más el de la acera de enfrente.

—Sí, albóndigas —asintió Gatsby; dirigiéndose a Wolfsheim, añadió—: Allí hace demasiado calor.

—Sí, hace calor y es pequeño, pero está lleno de recuerdos.

—¿Cómo se llama aquel local? —pregunté.

—El viejo Metropole.

—¡El viejo Metropole! —musitó tristemente Mr. Wolfsheim—, lleno de rostros de muertos y desaparecidos, lleno de amigos para siempre idos... Mientras tenga vida no olvidaré la noche en que mataron a Rosy Rosenthal... En la mesa éramos seis. Rosy no había parado de comer y de beber durante toda la noche. Cuando empezaba a amanecer, el camarero se le acercó mirándole extrañamente y dijo que alguien quería hablarle afuera. «Está bien», dijo Rosy, y comenzó a levantarse; pero yo le obligué a sentarse de nuevo. «Deja que esos bastardos —le dije— entren si quieren algo, pero hazme caso, y no salgas de aquí...» Eran las cuatro de la madrugada; si hubiéramos levantado las persianas habríamos visto la luz del día.

—¿Y se marchó? —pregunté, inocentemente.

—Claro que sí —la nariz de Mr. Wolfsheim se volvió, indignada—. Al llegar a la puerta dio una vuelta en redondo y nos dijo: «¡No dejéis que el camarero se lleve mi café...!» Entonces salió a la calle, le metieron tres tiros en la barriga y se largaron...

—Cuatro de ellos fueron electrocutados... —murmuré haciendo memoria.

—Con Becker, cinco. —Sus fosas nasales me encañonaron—. Tengo entendido que busca usted *guelaciones* para meterse en asuntos de negocios...

La yuxtaposición de estas observaciones fue sorprendente. Gatsby contestó por mí:

—¡Oh, no, no...!, no es éste.

—¿No...? —Mr. Wolfsheim pareció decepcionado.

—Sólo es un amigo... Ya le dije que hablaremos de aquel asunto cualquier otro rato.

—Perdóneme —se excusó Mr. Wolfsheim—, sufrí una confusión.

Hizo su aparición un suculento picadillo, y Mr. Wolfsheim, olvidando el ambiente más sentimental del viejo Metropole, se lanzó a comer con feroz delicadeza. Sus ojos, entretanto, recorrían lentamente la habitación; una vez completo el arco, se dedicó a inspeccionar a la gente que teníamos a nuestra espalda. Creo que, de no haberle retenido mi presencia, hubiera dado una ojeada debajo de nuestra propia mesa.

—Oye, camarada —dijo Gatsby, inclinándose hacia mí—. Me temo que esta mañana en el coche te he hecho enfadar.

Aparecía de nuevo aquella sonrisa, pero esta vez le resistí.

—No me gustan los misterios —dije—. No entiendo por qué no hablas claro y me dices lo que pretendes. ¿Por qué tienen que salir las cosas por mediación de Miss Baker?

—¡Oh, no es nada clandestino! —me aseguró—. Miss Baker, como sabes, es una gran deportista, e incapaz de hacer nada que no estuviera bien.

De súbito miró el reloj, se puso en pie de un salto, y salió, dejándome en la mesa con Mr. Wolfsheim.

—Tiene que telefonear —explicó Mr. Wolfsheim, siguiéndole con la mirada—. ¡Magnífico tipo!, ¿no es cierto? Buena facha y un perfecto caballero.

—Sí.

—Estuvo en *Oggsford*.

—¡Oh!

—En la Universidad de *Oggsford*, en Inglaterra. ¿Conoce la Universidad de *Oggsford*?

—He oído hablar de ella.

—Es una de las más famosas del mundo.

—¿Hace tiempo que conoce a Gatsby? —le pregunté.

—Varios años —contestó, satisfecho—. Tuve el gusto de conocerle poco después de la guerra. Y a la hora de hablar con él, me di cuenta de que había dado con un hombre de buena educación. Me dije: «Éste es de la clase de hombres que te gustaría llevar a casa y presentar a tu madre y a tu hermana» —hizo una pausa—. Veo que contempla mis gemelos.

No los había mirado aún, pero entonces me fijé en ellos. Estaban hechos de trozos de marfil, extrañamente familiares.

—Los mejores ejemplares de molares humanos —me informó.

—¡Vaya! —volví a mirarlos—. Es una idea muy interesante.

—Sí —ocultó los puños de la camisa en las mangas de la chaqueta—. Sí, Gatsby es muy cuidadoso con las mujeres; no se atrevería a mirar a la esposa de un amigo.

Cuando el objeto de esta instintiva confianza regresó a la mesa y se sentó, Mr. Wolfsheim se bebió el café de un trago, poniéndose en pie.

—He disfrutado de mi almuerzo y me largo, muchachos, antes de hacerme pesado.

—No se apresure, Meyer —dijo Gatsby, sin el menor entusiasmo.

Wolfsheim levantó la mano en una especie de bendición.

—Es usted sumamente amable, pero pertenezco a otra generación —nos comunicó solemnemente—. Ustedes se quedan a discutir de deportes, de chicas y... —con otro gesto de la mano suministró un imaginario nombre—. Por lo que a mí se refiere, tengo cincuenta años y no quiero abusar más.

Mientras estrechaba mi mano, su trágica nariz temblaba. Me pregunté si podía haber dicho algo capaz de ofenderle.

—A veces se pone muy sentimental —explicó Gatsby—. El de hoy es uno de sus días sentimentales. En Nueva York es un personaje..., un ciudadano de Broadway.

—¿Y qué hace? ¿Es actor?

—No.

—¿Dentista?

—¿Meyer Wolfsheim? No, es jugador profesional. —Gatsby vaciló, añadiendo luego fríamente—: Es el sujeto que «arregló» las World Series en 1919.

—¿Que «arregló» las World Series? —repetí.

La sola idea me hizo tambalear. Claro que me acordaba de que las World Series habían sido «arregladas» en 1919, aunque si hubiese llegado a pensarlo a fondo hubiese creído que era algo necesario, el final de una inevitable cadena. Jamás se me habría ocurrido que un hombre fuera capaz de jugar con la buena fe de cincuenta millones de personas, con la sencillez de un ladrón volando una caja fuerte.

—¿Cómo pudo hacerlo? —pregunté, al cabo de un minuto.

—Vio la oportunidad.

—¿Y cómo no lo han metido en la cárcel...?

—No pueden cogerlo, camarada; es un tío listo.

Insistí en pagar la cuenta, y en el momento en que el camarero me traía el cambio, vi a Tom Buchanan al otro lado del atestado recinto.

—Ven conmigo —le dije a Gatsby—. Tengo que saludar a un amigo.

Al vernos, Tom se puso en pie de un salto, dando unos pasos en nuestra dirección.

—¿Dónde te has metido? —preguntó vehementemente—. Daisy está furiosa porque no has vuelto.

—Mr. Gatsby, Mr. Buchanan.

Se estrecharon las manos brevemente; una insólita expresión de tenso embarazo apareció en el rostro de Gatsby.

—De todas maneras, ¿puedes decirme dónde te has metido hasta ahora? —insistió Tom—. ¿Por qué diablos has viajado tanto para almorzar?

—He almorzado con Mr. Gatsby.

Me volví hacia el que acababa de nombrar, pero había desaparecido.

—Un día de octubre de 1917... —dijo Jordan Baker aquella tarde, sentada muy tiesa en una silla, en el *tea-garden* del Hotel Plaza.

»... estaba caminando de un sitio a otro, la mitad por las aceras, la mitad por el césped. Prefería pasar por el césped porque llevaba zapatos ingleses, con taquitos de goma en las suelas, que se hundían en la blanda tierra. También llevaba una falda nueva, escocesa, que revoloteaba al viento, y cuando esto ocurría, las banderas rojo-blanco-azules que ondeaban en lo alto de las casas, se estiraban muy tiesas y decían "tu-tu, tu-tu", con un sonido de desaprobación.

»La bandera más grande y el mayor trozo de césped pertenecían a la casa de Daisy Fay. Acababa de cumplir dieciocho años, dos más que yo, y era la más popular de todas las muchachitas de Louisville. Siempre vestía de blanco, tenía un pequeño roadster blanco, y en su casa sonaba todo el día el teléfono; excitados oficialillos de Camp Taylor, le pedían el privilegio de monopolizarla aquella noche: "al menos una hora...".

»Cuando llegué frente a su casa, su roadster blanco estaba junto a la acera; ella estaba sentada con un teniente al que yo nunca había visto. Estaban tan absortos el uno en el otro, que Daisy no me vio hasta que estuve a metro y medio de distancia.

»—Oye, Jordan —me llamó, inesperadamente—. Haz el favor de venir.

»Me sentí halagada de que quisiera hablarme, porque de todas las chicas mayores era ella a quien más admiraba. Me preguntó si iba a la Cruz Roja a hacer vendas. Sí. Pues, entonces, ¿querría decirles que aquel día no iría? Mientras hablaba, el oficial la miraba de la forma en que toda chica sueña que alguna vez la miren. Me pareció un incidente tan romántico que no lo he olvidado. Aquel oficial se llamaba Jay Gatsby, y pasaron más de cuatro años sin que volviese a verle. Incluso después de encontrarle en Long Island no supe darme cuenta de que era la misma persona.

»Eso ocurrió en 1917. Al año siguiente, yo tenía unos cuantos pretendientes, y empecé a tomar parte en torneos, de modo que veía poco a Daisy. Me enteré de que iba con una pandilla poco mayor, si iba con alguien. Corrían exagerados rumores sobre ella; se decía que una noche de invierno su madre la encontró preparando la maleta para irse a Nueva York a despedir a un militar que se iba a ultramar; se pudo impedir que lo hiciera, pero durante varias semanas no dirigió la palabra a su familia. Ya no se dedicó más a los militares, sino a chicos de pies planos, cortos de vista, que no eran admitidos en el Ejército.

»Al otoño siguiente, volvió a estar alegre, tan alegre como siempre. Se presentó en sociedad después del armisticio, y en febrero se dijo que estaba comprometida con un chico de Nueva Orleans. En junio se casó con Tom Buchanan, de Chicago, con más pompa y solemnidad de lo que Louisville había conocido hasta entonces. Tom llegó con cien personas, en cuatro coches particulares, alquilando un piso entero del hotel; y el día antes de la boda le regaló a su novia un collar de perlas valorado en trescientos cincuenta mil dólares. Yo fui dama de honor; media hora antes de la cena de esponsales entré en su cuarto; la encontré tendida en la cama, tan bonita, en su traje estampado, como la noche de junio, y más borracha que una cuba. Tenía una botella de Sauternes en una mano y una carta en la otra.

»—Felicítame —balbució—. Nunca había bebido, pero, ¡oh!, ¡cómo me gusta...!

»—¿Qué te pasa, Daisy?

»Estaba espantada, te lo digo; nunca había visto a una chica en semejante estado.

»—Toma, monina. —Hurgó en un cesto de papeles que tenía encima de la cama, sacando la sarta de perlas—. Llévalas abajo y devuélveselas a su dueño.

Di a todos que Daisy ha "cambiao" de "paresé". Di: "¡Daisy ha 'cambiao' de 'paresé!'"

»Se puso a llorar; lloró y lloró. Me precipité fuera del cuarto, y encontré a la doncella de su madre. Echamos la llave a la puerta, y tomando a Daisy por sorpresa, la metimos en un baño frío. No quería soltar la carta; se la llevó al baño, estrujándola en una pelota, y sólo me permitió quitársela cuando vio que se deshacía como la nieve. Sin embargo, no dijo ni una palabra más. Le dimos amoníaco, le pusimos hielo en la frente, la vestimos de nuevo, y, media hora más tarde, cuando salíamos de la habitación, las perlas rodeaban su cuello y el incidente había concluido. A las cinco de la tarde del siguiente día se casó con Tom Buchanan, sin estremecerse. Emprendieron un viaje de tres meses a los mares del Sur.

»A su regreso, les encontré en Santa Bárbara y pensé que jamás había visto una chica tan locamente enamorada de su marido. Si por un instante salía de la habitación, ella miraba, inquieta, a su alrededor, diciendo: "¿Adónde ha ido Tom?", y hasta verle aparecer por la puerta, su rostro expresaba una intensa desolación. Solía sentarse horas enteras en la playa, con la cabeza de su marido en las rodillas, pasándole los dedos por los párpados y contemplándole con insondable gozo. Verlos juntos era conmovedor, hacía reír de un modo encantador, secreto. Eso fue en agosto. Un mes después de mi marcha de Santa Bárbara, Tom chocó, una noche, con una carreta, en la carretera de Ventura, y destrozó la rueda delantera de su coche. También salió en el periódico la chica que le acompañaba, pues se rompió un brazo: era una de las doncellas del hotel de Santa Bárbara.

»Daisy tuvo su niñita al siguiente abril; durante un año estuvieron en Francia. Les vi una primavera en Cannes, más tarde en Deauville, luego se instalaron en Chicago. Como sabes, Daisy era muy popular en Chicago. Iban con una pandilla muy descocada, todos jóvenes, ricos y desenfrenados; sin embargo, ella continuaba teniendo una reputación perfecta. Quizá porque no bebe. Entre gente que bebe mucho, no beber es una ventaja. Se puede contener la lengua, y además, es posible calcular cualquier pequeña irregularidad particular de forma que los demás están tan ciegos que no la ven o no les importa. Acaso Daisy jamás se ha entregado al amor... No obstante, hay algo en su voz... Bueno, hace unas seis semanas oyó el nombre de Gatsby por vez primera en muchos años; fue cuando te pregunté, ¿te acuerdas?, si conocías a un Gatsby que vive en West Egg. Después que te marchaste, subió a mi cuarto, me despertó y dijo: "¿Qué Gatsby...?" Al describírselo, yo estaba medio dormida, pero me di cuenta de que su voz era muy rara cuando dijo que debía ser el que ella había conocido... Hasta entonces no relacioné a este Gatsby con el oficialito que años antes viera en el coche blanco.

Cuando Jordan Baker acabó de contarme todo esto, hacía media hora que habíamos salido del Plaza e íbamos en una «victoria», paseando por Central Park. El sol se había puesto ya detrás de los altos picos de las estrellas cinematográficas en los West Fifties, y las claras voces de los chiquillos, reunidos como grillos en el césped, se elevaron en el cálido crepúsculo:

> *Soy el Caíd de Arabia*
> *Tu amor me pertenece.*
> *Por la noche, mientras duermas,*
> *Me deslizaré en tu tienda...*

—Fue una extraña coincidencia —dije.

—¡Si no ha sido coincidencia!

—¿Cómo?

—Gatsby compró la casa para tener a Daisy al otro lado de la bahía.

¡Entonces no fue solamente a las estrellas a lo que aspirara en aquella noche de junio! Ahora le veía lleno de vida, súbitamente nacido de las entrañas de su inexplicable esplendor.

—Quiere saber —prosiguió Jordan— si querrías invitar a Daisy a tu casa, una tarde, y dejar que él vaya también.

Me sorprendió la modestia de la petición. ¡Esperó cinco años y compró un palacio donde ofrecía el resplandor de las estrellas a indiferentes polillas, para poder pasar una tarde en el jardín de un desconocido...!

—¿Era necesario que me enterase de todo esto antes de pedir una cosa tan pequeña?

—¡Tiene miedo! ¡Ha esperado tanto! Pensó que te sentirías ofendido. Verás, en el fondo es un tipo de una pieza.

Me preocupó una cosa:

—¿Y por qué no te pidió que preparases una entrevista?

—Quiere que ella vea su casa —explicó— y la tuya está de por medio.

—¡Oh!

—Creo que, en cierta forma, confiaba en que, una noche, ella acudiese a una de sus fiestas —siguió diciendo Jordan—, pero nunca lo hizo... Entonces empezó a preguntar a la gente, así, indiferentemente, si la conocían; yo fui la primera que encontró. Ocurrió la noche en que me mandó a buscar en el baile..., tenías que haber oído la complicada manera como me lo preguntó. Le sugerí, como es natural, un almuerzo en Nueva York, y pensé que me pegaba... «¡No quie-

83

ro nada incorrecto! —repetía—. Quiero verla al lado de casa.» Cuando le dije que eres amigo particular de Tom, se dispuso a abandonar la partida. No sabe gran cosa de Tom, aunque dice que hace años que lee un periódico de Chicago con la sola esperanza de encontrar alguna vez el nombre de Daisy.

Había oscurecido, y mientras nos deslizábamos bajo un pequeño puente, pasé mi brazo en torno a la bronceada espalda de Jordan, la atraje hacia mí y la invité a cenar. De repente, no pensé ya en Daisy y en Gatsby, sino en aquella recatada, arisca y limitada personilla que repartía un escepticismo universal y se apoyaba garbosamente en el círculo de mi abrazo. En mis oídos empezó a latir una frase, con una especie de impetuosa excitación: «Sólo existen los perseguidos, los perseguidores, los ocupados y los ociosos...»

—Y Daisy debería tener algo en su vida —murmuró.

—¿Quiere ver a Gatsby?

—Tiene que ignorarlo. Gatsby no quiere que lo sepa. Sólo debes decirle que la invitas a tomar el té.

Pasamos una barrera de oscuros árboles y la fachada de la calle 59. Un bosque de pálida y delicada luz resplandeció en el parque. Al contrario que Gatsby y que Tom Buchanan, yo no tenía ninguna muchacha cuyo disperso rostro flotara entre las oscuras cornisas y las cegadoras señales, así es que atraje hacia mí a la chica que tenía a mi lado, ciñéndola fuertemente entre mis brazos. Sonrió su irónica y atractiva boca, y la atraje más aún, junto a mi rostro.

CAPÍTULO V

Aquella noche, cuando regresé a West Egg, temí por un momento que mi casa estuviera ardiendo. Eran las dos de la madrugada; todo aquel ángulo de la península aparecía llameante de luz que caía, desconcertante, sobre los matorrales, produciendo sutiles y alargados destellos sobre los alambres de la carretera. Al dar la vuelta a un recodo, advertí que el origen del fenómeno era la casa de Gatsby, iluminada de la torre a los sótanos.

Se me ocurrió que se trataba de otra fiesta, una turbulenta pandilla de juerguistas jugando al «escondite» o a «sardinas en lata», con la casa abierta de par en par; pero no se oía el menor ruido. En la arboleda, sólo gemía el viento que hacía oscilar los alambres, encendiendo y apagando las luces, como si la casa guiñara los ojos en la oscuridad. Cuando mi taxi se alejó, gruñendo, por la carretera, vi a Gatsby que cruzaba el césped en mi dirección.

—Tu casa parece la Exposición Universal —le dije.

—Ah..., ¿sí? —volvió la vista hacia su casa, distraídamente—. He estado dando un vistazo a algunas habitaciones. Camarada, vámonos a Coney Island, en mi coche...

—Es demasiado tarde.

—¿Y si nos zambullésemos en la piscina? No la he utilizado en todo el verano.

—Tengo que irme a la cama.

—Está bien.

Esperó, sin dejar de mirarme con contenida vehemencia.

—He estado hablando con Miss Baker —dije, al cabo de unos minutos—. Mañana llamaré a Daisy y la invitaré a tomar el té.

—¡Oh, magnífico...! —exclamó, descuidadamente—. No quisiera ocasionarte una molestia.

—¿Qué día te parece mejor?

—¿Qué día te parece mejor? —me corrigió rápidamente—. Verás..., te repito que no quisiera causarte molestias.

—¿Qué te parece pasado mañana?

Lo pensó un momento.

—Quiero segar la hierba —opuso, de mala gana.

Ambos miramos al césped: se advertía una aguda línea donde terminaba mi desigual parterre y empezaba la más oscura y bien cuidada extensión del suyo. Sospeché que aludía a mi césped.

—Hay otra cosa... —dijo, titubeando.

—¿Preferirías aplazarlo unos días?

—¡Oh, no!, no es eso..., por lo menos... —comenzó una serie de frases—. Verás..., yo creí... Verás... Oye, camarada: tú no haces mucho dinero, ¿verdad?

—No, no mucho.

Esto pareció tranquilizarlo, y continuó, con más confianza:

—Pensé que si no hacías... Esto si perdonas mi... Verás, yo tengo otro negocio, una especie de actividad extra..., ¿comprendes? Y pensé que si no hacías

86

mucho dinero... Vendes valores, ¿verdad, camarada?

—Lo intento.

—Pues eso te interesaría. No te ocuparía mucho tiempo, y te harías con una bonita suma. Es una cosa más o menos confidencial...

Ahora me doy cuenta de que aquella conversación, en otras circunstancias, hubiera sido una de las soluciones de mi vida, pero dado que la oferta fue hecha sin el menor tacto, como compensación por un favor, no tuve otra alternativa que cortarla en seco.

—Tengo las manos ocupadas —le dije—. Te lo agradezco mucho, pero no puedo aceptar más trabajo.

—No tendrías que tratar con Meyer Wolfsheim —evidentemente, pensaba que eludía la *guelación* mencionada en el almuerzo, pero le aseguré que estaba en un error. Aguardó un poco más, confiado en que yo iniciaría una conversación, pero me sentía demasiado preocupado para mostrarme comprensivo. Finalmente, se fue, de mala gana, a su casa.

La noche me había aturdido y llenado de dicha. Creo que en cuanto crucé el umbral de mi casa, me quedé dormido. Así, pues, no sé si Gatsby llegó a ir a Coney Island, ni cuántas horas estuvo dando vistazos a las habitaciones, en tanto que su mansión resplandecía llamativamente. A la mañana siguiente, desde la oficina, llamé a Daisy, invitándola a tomar el té.

—No traigas a Tom —le advertí.

—¿Qué?

—Que no traigas a Tom.

—¿Quién es Tom? —preguntó ella inocentemente.

El día convenido amaneció diluviando. A las once de la mañana, un hombre cubierto con un impermeable arrastrando una segadora de hierba, llamó a la puerta y me dijo que Mr. Gatsby le enviaba a cortar el césped. Eso me recordó que olvidé decir a la finesa que volviera, de manera que me fui a West Egg, buscándola entre empapados y encalados callejones, y aprovechando, luego, para comprar tazas, limones y flores. Las flores resultaron innecesarias, a las dos llegó un invernadero de la casa de Gatsby con innumerables receptáculos. Una hora más tarde la puerta se abrió nerviosamente y Gatsby, vestido de franela blanca, camisa color plata y corbata dorada, se apresuró a entrar. Estaba pálido, y presentaba señales de insomnio, manifestado en profundas ojeras.

—¿Todo va bien?

—La hierba ha quedado magníficamente bien... si es eso lo que preguntas.

—¿Qué hierba? —preguntó, desconcertado—. ¡Ah, la hierba del jardín!

Se acercó a la ventana para mirarla, pero, a juzgar por la expresión de su rostro, tuve la impresión de que no vio nada.

—Queda bien —observó vagamente—. Uno de los periódicos dice que se cree que a eso de las cuatro parará de llover. Creo que es *The Journal*. ¿Lo tienes todo dispuesto para el té?

Le llevé a la despensa, donde contempló a la finesa con ligera expresión de desagrado. Examinamos los doce pastelillos de limón que traje de la pastelería.

—¿Te parece que irán bien?

—Claro..., claro... Son estupendos —y añadió, apagadamente—, camarada...

Alrededor de las tres y media cesó la lluvia, convirtiéndose en una húmeda niebla a través de la cual flotaban infinidad de gotas parecidas al rocío. Gatsby miró, con vacías pupilas, un ejemplar de *Economics*, de Clay, estremeciéndose al oír las pisadas de la finesa en la cocina, y contemplando, de vez en cuando, las llorosas ventanas, como si una serie de acontecimientos alarmantes e invisibles estuvieran ocurriendo en el exterior. Finalmente, se puso en pie, comunicándome con voz incierta que se iba a su casa.

—¿A santo de qué?

—Nadie viene a tomar el té..., es demasiado tarde. —Miró su reloj, como si su tiempo fuera urgentemente solicitado en otra parte—. No puedo esperarla todo el día.

—No seas tonto..., faltan dos minutos para las cuatro.

Se sentó tristemente, como si le hubiera dado un empujón, y al instante se oyó el ruido de un coche que subía por la vereda. Nos sobresaltamos; un poco conmovidos, salimos al jardín juntos.

Pasando por debajo de los desnudos y chorreantes arbustos de lilas, un largo automóvil descubierto subía por la alameda. Se detuvo. El rostro de Daisy, sombreado bajo un tricornio color lavanda, me miró con brillante y arrobada sonrisa:

—¿Es aquí, realmente, donde vives, amor mío?

El estimulante murmullo de su voz fue un soplo cordial bajo la lluvia. Por un instante, seguí su sonido antes de que me alcanzaran las palabras. Un húmedo mechón de pelo, semejante a un tizne de pintura azul, aparecía en su mejilla, y al tomarle la mano para ayudarla a apearse del coche, noté que la tenía empapada de brillantes gotas de lluvia.

—¿Estás enamorado de mí? —me preguntó al oído—. Si no es así, ¿por qué he tenido que venir sola?

—Ése es el secreto de Catsle Rackrent... Dile al chófer que se vaya y esté una hora fuera.

—Vuelva dentro de un hora, Ferdie. —Y añadió, en grave murmullo—: Se llama Ferdie.

—¿No le afecta la gasolina a la nariz?

—No lo creo —dijo ella, inocentemente—. ¿Por qué?

Entramos, y me encontré con la abrumadora sorpresa de que el cuarto de estar estaba vacío.

—¡Vaya, qué raro! —exclamé.

—¿Qué es lo que es raro?

Al oír el ligero y ceremonioso golpe que acababan de dar a la puerta, Daisy volvió la cabeza. Salí a abrir. Gatsby, tan pálido como la muerte, con las manos hundidas, como si fueran pesos, en los bolsillos de la chaqueta, apareció, de pie en un charco de agua, mirándome trágicamente a los ojos.

Con las manos siempre en los bolsillos, se deslizó por el vestíbulo, dio la vuelta como si tuviera un resorte y desapareció en el cuarto de estar. No resultaba divertido en absoluto. Percibiendo el fuerte latir de mi propio corazón, cerré la puerta a la lluvia que ahora arreciaba.

Durante medio minuto no se oyó nada; luego, sonó una especie de ahogado murmullo y parte de una risa, seguida por la voz de Daisy, en claro y artificial diapasón:

—¡Estoy contentísima de verte de nuevo!

Una pausa que duró espantosamente. Nada tenía que hacer en el vestíbulo, así que entré en la habitación.

Gatsby, todavía con las manos en los bolsillos, estaba recostado contra la chimenea, en nerviosa imitación de perfecta desenvoltura, de aburrimiento. Su cabeza se apoyaba tan lejos, que descansaba en la esfera de un difunto reloj de chimenea, y desde esta posición, sus extraviadas pupilas contemplaban a Daisy sentada, gentil y atemorizada, en el borde de una dura silla.

—Nos conocemos de antes —murmuró Gatsby, lanzándome una mirada y entreabriendo los labios en una abortada sonrisa.

Felizmente, el reloj supo aprovechar esta ocasión

para oscilar peligrosamente bajo la presión de su cabeza. Gatsby se volvió, y con temblorosos dedos, lo colocó de nuevo en su sitio. Se sentó luego, rígidamente, con el codo en el brazo del sofá, y apoyada la barbilla en las manos.

—Siento lo del reloj... —murmuró.

En mi propio rostro aparecía, ahora, un profundo rubor tropical. No me salía ni una sola de los centenares de banalidades que tenía en la cabeza.

—Era un viejo reloj —comenté, estúpidamente.

Por un instante, todos creímos que se había destrozado contra el suelo.

—Hace muchos años que no nos hemos visto —dijo Daisy, con voz tan indiferente como pudo.

—En noviembre hará cinco años.

La automática calidad de la respuesta de Gatsby nos hizo recobrarnos, por lo menos un minuto más. Les hice poner en pie, sugiriéndoles desesperadamente que me ayudaran a preparar el té en la cocina, cuando a la endemoniada finesa se le ocurrió traerlo en una bandeja.

Bajo la bienvenida confusión de tazas y pasteles, se estableció cierta decencia física. Gatsby desapareció en la sombra y, mientras Daisy y yo hablábamos, nos miraba concienzudamente con tristes y contraídas pupilas. De todas maneras, como la tranquilidad no constituía en sí misma un fin, me disculpé en cuanto pude.

—¿Adónde vas? —preguntó Gatsby, alarmadísimo.

—Vuelvo enseguida.

—Antes tengo que hablar contigo.

Me siguió extraviadamente a la cocina, cerró la puerta y suspiró desgarradoramente: «¡Oh, Dios mío!»

—¿Qué ocurre?

—Ha sido una terrible equivocación —dijo, moviendo la cabeza de un lado al otro—. Una terrible, terrible equivocación.

—Todo lo que sucede es que te sientes embarazado —dije, añadiendo oportunamente—: Daisy también se siente confusa.

—¿Se siente confusa? —repitió, lleno de incredulidad.

—Tanto como tú.

—No hables tan fuerte.

—Te estás comportando como una criatura —le interrumpí, impacientemente—; y no sólo eso, sino que como un grosero; Daisy está sola...

Levantó la mano para contener mis palabras, me miró con irrefrenable reproche, y, abriendo la puerta cautelosamente, regresó al cuarto de estar.

Salí por detrás, como hizo Gatsby media hora antes, cuando realizó su nervioso circuito de la casa, y eché a correr hacia un enorme, negro y nudoso árbol cuyas apretadas hojas constituían una muy eficaz defensa contra la lluvia.

Otra vez llovía a raudales, y mi irregular césped, bien afeitado por el jardinero de Gatsby, abundaba en pequeños y fangosos pantanos, y en prehistóricos lodazales. Desde debajo del árbol sólo se podía contemplar el caserón de Gatsby, y durante media hora lo estuve mirando, como Kant el campanario de su iglesia. Lo construyó un cervecero una década antes, a principios de la locura de «época», y corría la historia de que estuvo dispuesto a pagar los impuestos de cinco años a todos los *cottages* vecinos, si los propietarios accedían a cubrir sus techos con paja. Quizá la negativa le quitó ánimos para continuar con su plan de «fundar una familia», pues casi inmediatamente, empezó a decaer hasta el extremo de que sus hijos vendieron la casa cuando aún colgaba en la puerta la negra corona del entierro. Los americanos, a pesar de ser propicios e incluso de anhelar ser siervos, se han negado siempre a ser considerados como campesinos.

El sol brilló de nuevo al cabo de media hora, y el coche del droguero dio la vuelta por la avenida de Gatsby, portador de las materias primas para la cena de sus criados. Estaba seguro de que él no probaría bocado. Una doncella empezó a abrir las ventanas superiores de la casa y apareció momentáneamente en cada una de ellas, inclinándose desde el mirador central para escupir al jardín. Era hora de regresar. Mientras duró la lluvia, hubiese dicho que era el murmullo de sus voces, elevándose y aumentando de volumen, de vez en cuando, con ráfagas de emoción, pero ante el nuevo silencio pensé que quizá también había caído el silencio sobre la casa.

Entré en la cocina haciendo todo el ruido posible, menos caerme encima del fogón, pero no creo que ellos oyeran nada. Estaban sentados en los extremos opuestos del diván, mirándose como si se hubieran hecho alguna pregunta y la respuesta estuviera en el aire. Todo vestigio de confusión había desaparecido. El rostro de Daisy aparecía surcado por las lágrimas; a mi entrada se puso en pie y empezó a secarse las mejillas delante del espejo, con un pañuelo. Sin embargo, en Gatsby se había producido un cambio sencillamente desconcertante. Resplandecía literalmente, sin palabras o gestos de exultación; irradiaba un bienestar de su persona que llenaba la pequeña habitación.

—¡Ah, hola, camarada! —me dijo, como si hiciera dos años que no me hubiese visto; por un momento llegué a pensar que me daría la mano.

—Ha parado de llover...

—Ah, ¿sí...? —y cuando se dio cuenta de lo que hablaba, el cuarto estaba lleno de trémulos rayos de sol; sonrió como meteorólogo, como radiante patrón

de la luz que volvía, y repitió la noticia a Daisy—:
¿Qué te parece...? Ha parado de llover.

—Me alegro, Jay —respondió ella; su garganta llena de dolorosa y triste belleza, sólo expresó su inesperada alegría.

—Quiero que tú y Daisy vengáis a casa —dijo Gatsby—, quiero que la vea.

—¿Estás seguro de que quieres que yo vaya también?

—Completamente seguro, camarada.

Daisy subió al piso a lavarse las manos, mientras Gatsby y yo esperábamos en el jardín; demasiado tarde, recordé, humillado, que había olvidado mis toallas.

—Mi casa tiene buen aspecto, ¿verdad? —preguntó—. Fíjate cómo la fachada absorbe la luz.

Convine en que era espléndida.

—Sí —sus ojos recorrieron cada puerta de arco y cada torre cuadrada—. Me bastaron tres años para ganar el dinero necesario para comprarla.

—Creí que el dinero lo habías heredado.

—Lo heredé, camarada —dijo automáticamente—, pero perdí la mayor parte en el gran pánico, el pánico de la guerra.

Creo que a duras penas sabía lo que decía, porque cuando le pregunté en qué negocio trataba, repuso: «Es asunto mío», antes de darse cuenta de que ésta no era una contestación correcta.

—¡Oh, me he metido en varias cosas! —se corrigió—. Traté asuntos de droguería..., luego petróleos..., pero ahora no toco ninguna de las dos cosas. —Me miró más atentamente—. ¿Acaso has estado pensando lo que te propuse la otra noche?

Antes de que pudiera contestarle, Daisy salió de la casa; bajo la luz del sol, brillaron las dos hileras de botones de cobre de su traje.

—¿Es aquella enorme casa? —inquirió, señalándola.

—¿Te gusta?

—Me encanta..., aunque no sé cómo puedes vivir tan solo...

—Día y noche la tengo llena de gente interesante. Gente que hace cosas interesantes, gente famosa.

En lugar de tomar el atajo por el Sound, bajamos a la carretera, entrando por la gran portalada. Daisy admiraba con encantadores murmullos este o aquel aspecto de la feudal silueta que se recortaba contra el cielo. Admiraba los jardines, el embriagador perfume de los junquillos, el espumoso olor del espino blanco y de los capullos del ciruelo, el pálido y dorado aroma de los pensamientos. Resultaba una cosa extraña llegar a los peldaños de mármol sin tropezar con el movimiento de brillantes trajes que entrasen y saliesen y oír sólo el sonido de las voces de los pájaros en los árboles.

Y en el interior, mientras recorríamos salas de música estilo María Antonieta y salones Restauración, pensé que detrás de cada diván y de cada mesa, había huéspedes escondidos, con orden de guardar absoluto silencio hasta que hubiéramos pasado. Cuando Gatsby cerró la puerta de la Merton College Library, habría jurado que oía estallar en fantasmal carcajada al hombre de los ojos de lechuza.

Subimos al piso superior, pasamos por dormitorios de época, envueltos en seda rosa y lavanda, saturados de frescas flores, por vestuarios, salas de juego, cuartos de baño con bañeras empotradas en el suelo, y nos metimos en la habitación donde un sujeto despeinado, en pijama, tendido en el suelo, hacía ejercicios para el hígado. Era Mr. Klipspringer, el «pupilo». Aquella mañana le había visto vagar, hambriento, por la playa. Y finalmente, fuimos al estudio Adams, donde nos sentamos y bebimos una copa de Chartreuse que el dueño sacó de un armario empotrado en la pared.

Ni un solo instante apartó la mirada de Daisy; creo que revalorizaba todo cuanto había en su casa, de acuerdo con la medida de aprobación que leía en sus adorables pupilas. A veces miraba sus posesiones asombrado como si en su real y sorprendente presencia nada ya fuera real. En cierta ocasión, casi cayó escaleras abajo.

Su dormitorio era la habitación más sencilla; sólo la cómoda estaba adornada con un juego de tocador, de oro mate puro. Alborozada, Daisy tomó el cepillo y se alisó el cabello mientras Gatsby se sentaba, desternillándose de risa, con los ojos cubiertos por ambas manos.

—Es divertidísimo, camarada —dijo con incontenible hilaridad—. No puedo..., cuando pienso...

Había pasado, visiblemente, por dos estados, y entraba ahora en un tercero. Tras la confusión e irrazonado gozo, se sentía consumido de admirativa placidez ante la amada presencia. Alimentó este sueño durante tanto tiempo, soñó tanto en ella, esperando con los dientes apretados, por así decirlo, bajo un inconcebible grado de intensidad... Al reaccionar ahora, corría como un reloj con demasiada cuerda.

Se recuperó en un instante y nos abrió dos enormes y brillantes armarios, que contenían sus trajes amontonados, sus batines, corbatas y camisas colocadas como ladrillos, en pilas de una docena de alto.

—Tengo un individuo en Inglaterra que me compra la ropa... A principio de cada temporada, primavera y verano, me manda una selección de artículos.

Sacó un montón de camisas, echándolas una por una ante nosotros: camisas de purísimo hilo, espesa seda y magnífica franela que al caer perdían sus pliegues y cubrían la mesa en multicolor desorden. Mientras las admirábamos, sacó más, y el suave y lujoso montón fue subiendo; camisas a rayas y a espirales, a cuadros en coral y verde manzana, lavanda y naranja claro, con monogramas indios en azul cobalto. De súbito, con un ahogado gemido, Daisy agachó la cabeza sobre las camisas y se puso a llorar tempestuosamente.

—Son unas camisas tan bonitas... —sollozó la voz ahogada entre los espesos pliegues—: Me entristezco porque nunca he visto camisas como éstas.

Teníamos que ver, después de la casa, los jardines, la piscina, el hidroavión y las flores de la canícula, pero empezó a llover de nuevo al otro lado de la ventana de Gatsby, obligándonos a quedarnos en la casa, contemplando la ondulada superficie del Sound.

—Si no fuera por la niebla, veríamos tu casa, al otro lado de la bahía... —dijo Gatsby—. Toda la noche tenéis encendida la luz verde al final del malecón...

Bruscamente, Daisy pasó su brazo por debajo del de Gatsby, pero él parecía absorto en lo que acababa de decir. Acaso se le había ocurrido que el colosal significado de aquella luz desaparecía para siempre. Comparado con la enorme distancia que le separaba de Daisy, la luz parecía próxima a ella, casi rozándola; tan cerca como puede estarlo una estrella de la luna. ¡Ahora, de nuevo, era sólo una luz verde en un malecón! Su relación de objetos encantados disminuía en una unidad.

Empecé a recorrer el cuarto, examinando varios objetos que resultaban indefinidos en la semioscuridad.

Me llamó la atención una enorme fotografía colgada encima de la mesa: un hombre de cierta edad en traje de *yachting*.

—¿Quién es?

—¿Ése? Mr. Dan Cody, camarada.

El nombre tenía cierto deje ligeramente familiar.

—Murió... Hace años fue mi mejor amigo.

Había una pequeña foto de Gatsby, también en traje de *yachting*, con la cabeza retadoramente echada hacia atrás, que, al parecer, había sido sacada cuando tendría unos dieciocho años.

—¡Es adorable! —exclamó Daisy—. ¡Qué tupé...! No me habías dicho que tenías un yate ni un tupé...

—Fíjate en esto —dijo Gatsby, rápidamente—. Hay un montón de recortes que tratan de ti.

Se pusieron en pie examinándolos. Iba a pedirle que nos dejara ver los rubíes, cuando sonó el teléfono y Gatsby cogió el auricular.

—Sí..., bueno, ahora no puedo hablar..., ahora no puedo hablar, camarada. Dije una ciudad *pequeña*..., debe saber lo que es una ciudad pequeña... Pues no nos sirve, si Detroit es su idea de una ciudad pequeña...

Y colgó...

—¡Ven enseguida! —le gritó Daisy, desde la ventana.

La lluvia seguía cayendo; sin embargo, por el Oeste la oscuridad se había abierto, y por encima del mar asomaba un rosado y dorado colchón de esponjosas nubes.

—Fíjate en eso —susurró la joven. Al cabo de un momento añadió—: Me gustaría coger una de esas nubes rosadas, meterte en ella y soplar.

Quise irme, pero no me dejaron; quizá mi presencia les hacía sentirse más satisfactoriamente solos.

—Ya sé lo que haremos... —dijo Gatsby—, que Klipspringer toque el piano.

Salió de la habitación gritando: «¡Erwing...!», y regresó a los pocos minutos, acompañado de un azarado y ligeramente marchito joven, con gafas de concha y escasos cabellos rubios. Ahora iba decentemente vestido: camisa deportiva de cuello abierto, jersey y anchos pantalones de nebuloso color.

—¿Le molestamos en sus ejercicios? —inquirió Daisy, cortésmente.

—Dormía —exclamó Mr. Klipspringer, en un espasmo de confusión—. Quiero decir que había estado durmiendo, y entonces me iba a levantar.

—Klipspringer toca el piano —elogió Gatsby, interrumpiéndole—. ¿Verdad, Erwing, camarada?

—¡Oh, no toco bien! Apenas un poco... No practico...

—Iremos abajo —volvió a interrumpir Gatsby. Dio la vuelta a un interruptor, y las grises ventanas desaparecieron al brillar la abundante iluminación interior.

Gatsby encendió una lámpara solitaria en la sala de música, junto al piano. Luego dio lumbre al pitillo de Daisy, con temblorosa cerilla, sentándose con ella en un diván, al otro lado de la habitación donde sólo llegaba la luz que el brillante suelo reflejaba del vestíbulo.

Klipspringer, después de tocar *The Love Nest*, se volvió en el taburete, buscando tristemente a Gatsby en la penumbra.

—¿Estás viendo cómo me falta práctica? Te dije que no podía tocar... Hace tiempo que no practico.

—No hables tanto, camarada —le ordenó Gatsby—. Anda, toca.

> *Por la noche*
> *y la mañana,*
> *¿verdad que nos divertimos?*

El viento soplaba ahora fuertemente; se oían estampidos de truenos por el Sound. En West Egg todas las luces estaban encendidas; los trenes eléctricos, llenos de gente, se abrían paso desde Nueva York, a través de la fuerte lluvia. Era la hora de profunda mutación humana. La atmósfera se cargaba de excitación.

Una cosa es segura, y nada lo es más:
los ricos crían riqueza, y los pobres crían... hijos.
Entretanto,
en el ínterin...

Al acercarme para despedirme, vi que la expresión de asombro aparecía otra vez en el rostro de Gatsby, como si tuviera una ligera duda sobre la calidad de su actual felicidad. ¡Casi cinco años! Debió haber instantes, incluso en aquella misma tarde, en que Daisy no llegó a ser el vértice de sus sueños, y no precisamente por su culpa, sino por la colosal vitalidad de su ilusión. Había ido más allá de ella, más allá de todo. Se había entregado, con creadora pasión, acrecentándolo todo, adornándolo con toda brillante plumita que en su camino hallara. No existe fuego ni lozanía capaz de desafiar a lo que un hombre es capaz de almacenar en su fantasmal corazón.

Bajo mi mirada, se rehízo un poco. Su mano cogió la de ella, y, al murmurarle algo quedito, la miró, emocionado. Creo que aquella voz, con su fluctuante y febril calor, era lo que más le retenía, porque no podía ser soñada en demasía; aquella voz era una eterna canción.

Me habían olvidado, aunque Daisy me miró una vez y tendió la mano. Gatsby ya no me conocía. Les contemplé una vez más; me concedieron una remota mirada, poseídos ya por su apasionada vida, y salí de la habitación. Bajé los peldaños de mármol, y partí, lentamente, dejándolos solos.

CAPÍTULO VI

Más o menos por esta misma época, un ambicioso y joven reportero de Nueva York llegó una mañana a la puerta de Gatsby y le preguntó si tenía algo que decir.

—¿Algo que decir sobre qué? —inquirió Gatsby, cortésmente.

—Pues..., pues una manifestación...

Tras cinco minutos algo confusos, resultó que el muchacho había oído nombrar a Gatsby en el periódico en relación con algo que no quería revelar, o con un asunto que no acababa de entender. Ése era su día libre, y con laudable iniciativa se apresuró a ver lo que ocurría.

Fue un disparo al azar. No obstante, el instinto del periodista era bueno. La notoriedad de Gatsby, divulgada por los centenares de personas que aceptaron su hospitalidad, quedando así convertidas en autoridades sobre su pasado, fue en aumento durante todo el verano, y poco faltó para que se convirtiera en una sensación. A su nombre fueron mezcladas leyendas contemporáneas tales como la «*pipe-line* subterránea al

Canadá», y corría la insistente historia de que no vivía en una casa, sino en un barco con aspecto de casa, que navegaba secretamente arriba y abajo de la costa de Long Island. No es fácil adivinar por qué estas invenciones constituían fuente de satisfacción para James Gatz.

James Gatz, he aquí su verdadero nombre, por lo menos ante la ley. Se lo había cambiado a los diecisiete años, en un instante específico, en testimonio del inicio de su carrera, al ver el yate de Dan Cody anclar en el más insidioso escollo del lago Superior. Fue James Gatz quien estuvo vagando por la playa aquella tarde, con un harapiento jersey verde y unos pantalones de lona; pero fue Jay Gatsby quien pidió prestada una lancha, se llegó al *Toulomee* e informó a Cody de que el viento podía cogerle y destrozarle en media hora.

Supongo que, incluso entonces, hacía ya tiempo que tenía preparado el nombre. Sus padres eran errantes y poco afortunados campesinos, su imaginación jamás les aceptó como padres. La verdad es que Jay Gatsby, de West Egg, Long Island, nació de su platónica concepción de sí mismo. Era hijo de Dios, frase que si algo significa, es justamente eso, y debía ocuparse de los asuntos de su padre, al servicio de una amplia, vulgar y prostituida belleza. Así, pues, se inventó el tipo de Jay Gatsby, que sólo un muchacho de diecisiete años podía inventar, y fue fiel hasta el fin a esta peregrina concepción.

Hacía más de un año que se esforzaba en abrirse camino por la costa sur del lago Superior, como pescador de almejas y salmón, o desempeñando cualquier otra actividad que le proporcionara cama y comida. Su moreno y endurecido cuerpo vivía naturalmente a través del semiferoz, semiperezoso trabajo de los claros días. Había conocido pronto a las mujeres, y como le mimaban, empezó a despreciarlas: a las jóvenes vírgenes, por ignorantes; a las demás, por sentirse histéricas por cosas que, en su abrumadora abstracción, él consideraba naturales.

Sin embargo, su corazón se hallaba en constante y turbulenta agitación. Las más grotescas y complicadas fantasías le obsesionaban, por las noches, en su cama. Un universo de inefable brillo se entretejía en su cerebro, mientras el reloj dejaba oír su tic-tac desde el lavabo, y la luna empapaba con húmeda luz sus ropas revueltas, en el suelo. Cada noche aumentaba el argumento de sus imaginaciones, hasta que el sueño se cerraba, con apretado abrazo, sobre alguna brillante escena. Durante cierto tiempo, estos ensueños dotaron de una salida a su imaginación, fueron satisfactoria indicación de la irrealidad de la realidad, promesa de que la roca del mundo está fuertemente asentada en las alas de un hada.

Meses antes, el instinto de su futura gloria le llevó a la pequeña Universidad luterana de Saint Olaf, en South Minnesota. Allí permaneció durante tres semanas, anonadado ante la feroz indiferencia de todos para con los derroteros de su destino, para con su propio destino, y despreciando las tareas de portero con las que tendría que pagarse sus estudios. Regresó al lago Superior y siguió buscando algo que hacer.

Ésta era su situación aquel día en que el yate de Dan Cody ancló en los bajíos, al lado de la orilla.

En aquella época, Dan Cody contaba cincuenta años; era un producto de las minas de plata de Nevada, del Yukón, de toda la oleada que desde 1875, corrió en pos de metales preciosos. Las transacciones de cobre de Montana, que le hicieron muchas veces millonario, le hallaron físicamente robusto, pero al borde del reblandecimiento cerebral. Sospechando esto, una infinita cantidad de mujeres intentaron se-

103

pararle de su dinero. Las poco honorables artes con que Ella Kaye, la periodista, ofició de Madame de Maintenon con su debilidad, y le mandó al mar, eran del dominio público y propiedad común del ampuloso periodismo de 1902. Durante cinco años estuvo recorriendo costas demasiado hospitalarias, hasta que apareció en Little Girl Bay, como el destino de James Gatz.

Para el joven Gatz, apoyado en sus remos, contemplando la cubierta, toda la belleza y atractivo del mundo se hallaban representados en aquel yate. Supongo que debió sonreírle a Cody; seguramente había descubierto que, cuando sonreía, gustaba a la gente. Fuera como fuese, Cody le hizo unas preguntas —una de ellas obtuvo como respuesta el flamante nombre—, y se dio cuenta de que era de ágil caletre y extraordinariamente ambicioso. Le llevó a Duluth. Días después, le compró una chaqueta azul, seis pares de pantalones blancos y una gorra de marino. Y cuando el *Toulomee* salió hacia las Indias occidentales y la costa de Berbería, Gatsby también formó parte de la expedición.

Su empleo tenía límites muy indefinidos; mientras permaneció con Cody fue, a la vez, mayordomo, marinero, capitán, secretario y hasta carcelero, pues Dan Cody, sereno, sabía de qué barbaridades podía ser capaz Dan Cody borracho, y, por lo tanto, se previno para tales contingencias, poniendo más y más confianza en Gatsby. Esto duró cinco años, y la embarcación dio tres veces la vuelta al mundo. Si no llega a ser porque una noche, en Boston, Ella Kaye subió a bordo, y una semana más tarde Dan Cody moría, aquella situación hubiera durado indefinidamente.

Recuerdo el retrato en el dormitorio de Gatsby, un rubicundo hombre de grises cabellos, un rostro duro, inexpresivo; el explorador de libertinajes que, en una de las fases de la vida americana, volvió a traer a la costa del Este la salvaje violencia de los burdeles y tabernas de la frontera. Indirectamente, la parquedad de Gatsby en la bebida, tuvo su causa en Cody. A veces, en alegres francachelas, las mujeres vertían champaña en sus cabellos, pero él adoptó como norma prescindir del alcohol.

Y de Cody heredó dinero: un legado de veinticinco mil dólares. No llegó a recibirlo. Nunca pudo entender la argucia legal empleada contra él, pero lo que quedó de los millones fue a parar, intacto, a Ella Kaye. Le dejó, con su esmerada y acrisolada educación. El vago contorno de Jay Gatsby se había rellenado con la sustancialidad de un hombre.

Todo esto me lo contó mucho más tarde, si bien lo hago constar aquí, a fin de tirar por tierra los primitivos y estrafalarios rumores sobre sus antecedentes, que ni siquiera se aproximaban ligeramente a la verdad. Además, me lo contó en momentos de confusión, cuando yo había llegado al punto de creerlo todo y no creer nada. Así es que aprovecho este breve alto, mientras Gatsby recobra el aliento, por decirlo así, a fin de aclarar de una vez esta serie de equivocadas opiniones.

También hubo un alto en mi contacto con sus asuntos. Durante semanas enteras no le vi ni oí su voz por teléfono; me pasaba la mayor parte del tiempo en Nueva York, tratando con Jordan y procurando congraciarme con su senil tía; finalmente, un domingo por la tarde, fui a casa de Gatsby. No hacía dos minutos que había llegado, cuando alguien hizo entrar a Tom Buchanan para tomar una copa. Naturalmente, me sentí sorprendido, aunque lo realmente sorprendente era que esto no hubiese ocurrido ya antes.

Se trataba de un grupo de tres personas a caballo: Tom, un sujeto llamado Sloane, y una bonita muchacha en traje de montar color castaño, que ya en otras ocasiones había estado allí.

—Encantado de verles —dijo Gatsby, de pie en el pórtico—, encantado de verles.

¡Cómo si esto les importara!

—Siéntense... ¿Cigarrillos o cigarros? —Dio la vuelta en torno a la habitación tocando rápidos timbres—. Les daré algo de beber antes de un segundo.

Se sentía profundamente afectado por el hecho de que Tom se encontrara allí; de todas maneras, estaría confuso hasta ofrecerles algo; comprendía vagamente que a eso era a lo que habían ido. Mr. Sloane no quería nada. ¿Limonada? No, gracias. ¿Un poco de champaña? No, nada, gracias, lo siento.

—¿Dieron un buen paseo?

—Sí, hay buenos caminos por los alrededores.

—Supongo que los automóviles...

—Sí.

Gatsby, movido por un impulso irresistible, se dirigió a Tom, que aceptó la presentación como si se tratara de un desconocido.

—Me parece que nos hemos visto antes, Mr. Buchanan.

—¡Ah, sí! —dijo Tom, gruñonamente cortés, aunque evidentemente sin acordarse—. ¡Ah, sí, me acuerdo bien...!

—Hará un par de semanas.

—Sí, estaba usted con Nick.

—Conozco a su señora —prosiguió Gatsby, casi agresivamente.

—¿De veras? —Tom se volvió a mí—. ¿Vives cerca, Nick?

—Puerta por medio.

—¡Ah, sí!

Mr. Sloane no tomaba parte en la conversación; se recostaba altivamente en su silla. La muchacha no dijo nada hasta que, de súbito, tras dos *highballs*, se volvió cordial.

—Asistiremos todos a su próxima fiesta, Mr. Gatsby —declaró—. ¿Qué le parece?

—Estaré encantado de recibirles.

—Será muy agradable —dijo Mr. Sloane, sin la menor gratitud—. Bueno, me parece que tenemos que irnos.

—Por favor, aún no —rogó Gatsby. Se había dominado; ahora quería ver a Tom de cerca—. ¿Por qué no..., por qué no se quedan a cenar? Seguramente esta noche vendrá gente de Nueva York.

—Vengan a cenar conmigo —propuso la muchacha, entusiasmada— los dos.

Esto me incluía. Mr. Sloane se puso en pie.

—Vamos —exclamó dirigiéndose únicamente a ella.

—Lo digo de veras —insistió la chica—; me gustaría que vinieran..., hay sitio para todos...

Gatsby me miró interrogándome; quería ir, y no se daba cuenta de que Mr. Sloane había decidido que no fuese.

—Me temo que no podré —me disculpé.

—Bueno, pues venga usted —insistió ella, concentrándose en Gatsby.

Mr. Sloane le murmuró algo al oído.

—Si nos vamos ahora no llegaremos tarde —advirtió en voz alta.

—No tengo caballos —dijo Gatsby—. Montaba cuando estaba en el Ejército, pero no he comprado caballos... Les seguiré en el coche. Discúlpenme un momento.

Salimos a la terraza, donde Sloane y la muchacha iniciaron, en un aparte, una acalorada disputa.

—¡Dios mío, me parece que este tipo va a venir! —exclamó Tom—. ¿No se da cuenta de que ella no quiere?

—Pues está diciendo que sí.

—Da una gran cena. No conocerá a nadie —frunció las cejas—. Me gustaría saber dónde demonios ha conocido a Daisy. ¡Santo Dios, si seré chapado a la antigua!, pero hoy en día, las mujeres van demasiado sueltas para que esto me parezca bien. Conocen a seres absurdos.

De súbito, Mr. Sloane y la muchacha bajaron los escalones, y montaron a caballo.

—Vamos —dijo Mr. Sloane a Tom—. Es tarde. Tenemos que irnos. —Y dirigiéndose a mí—: ¿Querrá hacer el favor de decirle que no pudimos esperarle?

Tom y yo nos dimos la mano; con los demás cambié una fría inclinación de cabeza. Se lanzaron al trote rápido por la alameda, desapareciendo bajo el agostado follaje, en el preciso instante en que Gatsby, con sombrero y un abrigo ligero en la mano, salía por la puerta de entrada.

Evidentemente, Tom se sentía preocupado por Daisy, que «iba demasiado suelta», ya que, al siguiente domingo, por la noche, le acompañó a la fiesta de Gatsby. Quizá su presencia dio a la noche la peculiar calidad de opresión que la hace destacar en mi memoria sobre las otras fiestas de Gatsby. Había la misma gente, por lo menos la misma clase de gente, idéntica profusión de champaña, la misma multicolor y multirrítmica conmoción, pero advertí algo desagradable en la atmósfera, una impregnante e insistente dureza que hasta entonces jamás había notado. Quizá sería que estaba acostumbrado, que me había acostumbrado a aceptar a West Egg como un mundo completo en sí, con sus normas propias y sus propias figuras, no inferior a nadie por no tener conciencia de serlo, y ahora lo estaba mirando a través de los ojos de Daisy. Es invariablemente triste mirar a través de nuevos ojos las cosas a las que uno ha extendido su capacidad de adaptación.

Llegaron al atardecer, y mientras paseábamos entre los resplandecientes centenares de huéspedes, la voz de Daisy jugaba deliciosamente en su garganta.

—¡Estas cosas me excitan tanto...! —susurró—. Si quieres besarme en cualquier momento de la noche, dímelo y me será grato complacerte, Nick. Limítate a indicar mi nombre o exhibe una tarjeta verde. Hoy reparto tarjetas verdes.

—Mira a tu alrededor —sugirió Gatsby.

—Estoy mirando, estoy pasando un maravilloso...

—Seguramente podrás ver gente de quien has oído hablar.

Las arrogantes pupilas de Tom vagaron entre la multitud.

—Salimos poco —dijo—. Por cierto, que pensaba que no conozco ni a un alma.

—Quizá conoce a aquella señora. —Gatsby señaló a una mujer maravillosa, orquídea escasamente humana, majestuosamente sentada debajo de un ciruelo. Tom y Daisy la miraron, con la particularmente irreal sensación que acompaña al reconocimiento de una, hasta aquel entonces, fantasmal celebridad cinematográfica.

—Es preciosa... —dijo Daisy.

—Ése que se agacha es su director.

Les condujo, muy ceremoniosamente, de grupo en grupo.

—Mrs. Buchanan... y Mr. Buchanan —añadiendo, tras un instante de vacilación—: El jugador de polo.

—¡Oh, no! —protestó Tom, rápidamente—, yo no...

Evidentemente, el sonido de la frase satisfizo a Gatsby, pues Tom, por el resto de la noche, se quedó en «el jugador de polo».

—Nunca había tropezado con tantas celebridades —exclamó Daisy—. Me gusta aquel hombre, ¿cómo se llama...?, el que tiene la nariz azul.

Gatsby le identificó, explicando que se trataba de un pequeño productor cinematográfico.

—Bueno, pues me gusta, de todas maneras.

—Francamente, preferiría contemplar a toda esa gente desde el fondo del anonimato —exclamó Tom, con placidez.

Daisy y Gatsby se pusieron a bailar. Recuerdo cuánto me sorprendió su elegante y gracioso estilo de bailar el *fox-trot*; no le había visto bailar nunca. Luego se fueron a mi casa y, durante media hora permanecieron sentados en los peldaños, mientras, accediendo a lo que Daisy me pidió, me quedé vigilando en el jardín. «Por si acaso hubiera un incendio, una inundación —explicó— o cualquier acto providencial.»

Cuando nos sentamos a cenar, Tom salió del anonimato:

—¿Os importaría que cenase con aquella gente? —nos preguntó—. Hay un tío que está explicando cosas muy buenas.

—Adelante —contestó Daisy risueña—; si quieres apuntarte alguna dirección, aquí tienes mi lápiz de oro. —Miró a su alrededor, y, al cabo de un momento, me dijo que la chica era «ordinaria pero bonita», y me di cuenta de que, salvo en la media hora que pasó a solas con Gatsby, no se había divertido.

Nos hallábamos en una mesa de gente particularmente chispeante. La culpa fue mía, pues a Gatsby le habían llamado por teléfono, y esta misma gente me había divertido sólo dos semanas antes; sin embargo, lo que entonces me divirtió, ahora se pudría en el aire.

—¿Cómo se encuentra, Miss Baedeker?

La muchacha en cuestión intentaba, sin el menor

éxito, apoyarse en mi hombro. Al oír la pregunta, se irguió, abriendo los ojos.

—¿Qué...?

Una maciza y letárgica mujer que estaba urgiendo a Daisy para que jugara al golf al día siguiente, en el club local, salió en defensa de Miss Baedeker.

—¡Oh, ahora está muy bien! Se pone a gritar así cuando ha tomado cinco o seis cócteles. Siempre le digo que deje de beber.

—¡Si ya dejo de beber! —afirmó la acusada, tristemente.

—La oímos gritar. En seguida le dijimos al doctor Civet, aquí presente: hay alguien que necesita sus servicios.

—Desde luego, le ha de estar muy agradecida —replicó otro amigo, sin pizca de compasión—, pero al meterle la cabeza en la piscina, le mojó todo el traje.

—¡Si hay algo que deteste es que me metan la cabeza en una piscina! —cloqueó Miss Baedeker—. Una vez en Nueva York casi me ahogan...

—Pues entonces, deje de beber —contestó el doctor Civet.

—¡Aplíquese el cuento! —gritó Miss Baedeker, airadamente—. Le tiemblan las manos; por nada del mundo me dejaría operar por usted.

Y así sucesivamente. Casi lo último que recuerdo fue hallarme de pie con Daisy, contemplando al director cinematográfico y a su estrella. Aún estaban debajo del blanco ciruelo; sus rostros quedaban sólo separados por un pálido y delgado rayo de luna. Se me ocurrió que toda la noche él estuvo inclinándose para lograr esta proximidad, y mientras le miraba, le vi agacharse un último grado y besarle la mejilla.

—Me gusta —dijo Daisy—, me parece maravilloso.

Sin embargo, el resto la ofendió contundentemente, porque no era un gesto sino una emoción. Estaba atemorizada por West Egg, este lugar sin precedentes que Broadway engendrara en un pueblecito de pescadores de Long Island; atemorizada por el crudo vigor que se agitaba bajo los viejos eufemismos, y por el absurdo destino que llevaba en manada a sus habitantes, de la nada a la nada, por un corto atajo. En la misma sencillez que no lograba entender, vio algo horrible.

Me senté con ellos en los escalones de la entrada, mientras esperaban su coche. Estábamos a oscuras; sólo la brillante puerta lanzaba a bolea diez pies cuadrados de resplandor, que se hundían en la suave y negra madrugada. A veces, arriba, se movía una sombra contra la persiana de un tocador, dejaba paso a otra, indefinida procesión de sombras que se daban carmín y se empolvaban en un invisible espejo.

—Bueno, ¿y este Gatsby, quién es? —inquirió Tom, de repente—. ¿Un famoso contrabandista de alcohol?

—¿Dónde lo has oído decir? —pregunté.

—No me lo han dicho, me lo imagino. Un montón de nuevos ricos son grandes contrabandistas de alcohol, ¿no lo sabes?

—Pues Gatsby no lo es.

Permaneció callado un momento; crujieron, bajo sus pies, los guijarros de la alameda.

—Bueno, desde luego tiene que haber hecho ímprobos esfuerzos para reunir esta *ménagerie*...

Una tenue brisa agitó la niebla gris del cuello de pieles de Daisy.

—Por lo menos son más interesantes que la gente que conocemos —dijo, con esfuerzo.

—Pues no parecías tan entusiasmada.

—Lo estaba.

Tom se echó a reír y se volvió hacia mí.

—¿Te fijaste en la cara de Daisy cuando la chica

esa la pidió que la metiera debajo de una ducha fría?

Daisy empezó a cantar, siguiendo la música, en ronco y rítmico susurro, dando a cada palabra un significado que nunca tuvo ni tendría jamás. Cuando la melodía ascendía, se quebraba su voz, dulcemente, siguiéndola como hacen las voces de contralto, y a cada mutación vertía en el aire algo de su cálida magia humana.

—Se presenta mucha gente sin ser invitada —dijo, de repente—. La chica ésa no estaba invitada... Se cuelan tranquilamente, y él es demasiado educado para protestar.

—Me gustaría saber quién es y qué hace —insistió Tom—. Y me parece que lo voy a saber.

—Te lo puedo decir ahora mismo —contestó Daisy—. Ha tenido droguerías, un montón de droguerías que él mismo instaló.

La retrasada limosina apareció, ascendiendo la empinada alameda.

—Buenas noches, Nick —dijo Daisy.

Su mirada se apartó de mí y buscó la parte iluminada de los peldaños, por donde *Las tres de la madrugada*, un primoroso y triste vals de aquella temporada, salía, flotando a través de la puerta abierta. En la misma inconsecuencia de la fiesta de Gatsby cabían, después de todo, románticas posibilidades, totalmente ausentes de su mundo. ¿Qué latía en esa canción que parecía atraerla hacia adentro? ¿Qué iba a ocurrir en las opacas e incalculables horas? Quizá llegaría algún inesperado huésped, persona infinitamente preciosa, digna de la mayor admiración, alguna jovencita auténticamente radiante, que con una mirada dirigida a Gatsby, con un solo instante de mágico encuentro, borraría los cinco años de inquebrantable devoción.

Aquella noche me quedé hasta tarde; Gatsby me pi-

113

dió que le esperara, y me entretuve en el jardín hasta que el inevitable grupo de nadadores, helados y exaltados por la negra playa, subieron al piso; hasta que se apagaron las luces en las habitaciones de los huéspedes. Cuando, por fin, en las escaleras, el moreno cutis de Gatsby aparecía extrañamente tirante en su rostro, y sus pupilas se veían, a la vez, brillantes y cansadas.

—No le ha gustado —dijo al instante.

—Claro que sí.

—No le ha gustado —insistió—. No se ha divertido.

Guardó silencio, y adiviné su inexpresable depresión.

—Me siento lejos de ella; es difícil hacerle entender.

—¿Te refieres al baile?

—El baile... —con un gesto de su mano alejó todos los bailes—. El baile no tiene importancia, camarada.

Pretendía que Daisy se dirigiera a Tom, y le dijera, nada menos, que nunca le había querido; una vez estos cuatro años quedasen borrados con esta frase, decidirían las medidas prácticas a tomar. Una de ellas consistía en ir a Louisville, cuando ella estuviese libre, como si retrocedieran cinco años.

—No comprende... Antes solía comprender... Pasábamos sentados horas enteras...

Se interrumpió y empezó a pasearse nerviosamente a lo largo de un sendero, desolado por cortezas de frutas, lazos olvidados y aplastadas flores.

—Yo no le pediría demasiado —me atreví a insinuarle—. El pasado no puede volver.

—¿El pasado no puede volver? —gritó, lleno de incredulidad—. ¡Claro que sí!

Miró en torno suyo, violentamente, como si el pasado acechara en las sombras de su casa, cerca y lejos del alcance de su mano.

—Todo quedará como antes —dijo, moviendo la cabeza con decisión— y ella se dará cuenta.

Habló largo rato sobre el pasado, y comprendí que quería recuperar algo, quizás una idea de sí mismo que se transfirió a su amor por Daisy. Desde entonces, su vida fue confusa y desordenada, pero si una vez, sólo una vez, lograra regresar a determinado punto de partida y repetirlo todo lentamente, sabría qué era lo que buscaba...

... Una noche de otoño, cinco años atrás, estuvieron paseando por la calle mientras las hojas caían, y llegaron a un lugar donde no había árboles, y la acera aparecía blanca a la luz de la luna. Se detuvieron y se volvieron. Era una citación que late en las mutaciones anuales, las quietas luces de las casas centelleaban rompiendo la oscuridad, y entre las estrellas reinaba agitación y movimiento. Gatsby se daba cuenta de que el mundo le ofrecía una escalera que podía conducirlo a las alturas, por encima del nivel vulgar. Pero debía subirla solo. Y una vez llegase a la meta, podría acercar sus labios a las fuentes de la vida y beber el néctar incomparable de la gloria.

Cuando el blanco rostro de Daisy se acercó al suyo, su corazón aceleró sus latidos. Sabía que cuando besara a aquella muchacha y uniera para siempre sus inefables visiones a aquel aliento perecedero, su cerebro no se agitaría ya como la mente de un dios. Por eso esperó, escuchando un instante más, el misterioso oráculo de una estrella. Luego la besó, y al roce de sus labios, ella se abrió como una flor.

En medio de todo, me dijo, incluso en medio de su abrumador sentimentalismo, recordaba algo, ritmo fugaz, fragmento de perdidas palabras que hace mucho tiempo oyera en algún sitio. «Por un instante —siguió— una frase intentó adquirir forma; mis labios se entreabrieron esforzándose como los de un mudo, como si en ellos hubiera más violencia que la de una ráfaga huracanada. Pero no exhalaron el menor sonido y lo que estuve a punto de decir se perdió para siempre.»

CAPÍTULO VII

Cuando la curiosidad que Gatsby excitaba había llegado a su apogeo, dejaron de encenderse las luces de su casa en los fines de semana y su carrera de Trimalción terminó tan oscuramente como empezara. Poco a poco fui dándome cuenta de que los automóviles que aparcaban esperanzados en la explanada permanecían allí sólo un minuto, y luego se alejaban de mala gana. Preguntándome si estaría enfermo, fui a enterarme a su propia casa. Un mayordomo desconocido, de rostro villano, me miró recelosamente de soslayo, por la entreabierta puerta.

—¿Está Mr. Gatsby enfermo?

—No. —Tras una pausa, añadió: «señor», con evidente mala gana.

—Es que al no verle me sentía preocupado. Dígale que ha venido Mr. Carraway.

—¿Quién? —preguntó groseramente.

—Carraway.

—Carraway... Bueno... Se lo diré —y cerró la puerta sin miramientos.

Mi finesa me informó de que hacía una semana que

Gatsby había despedido a todo el servicio, sustituyéndolo por media docena de criados que nunca iban a la aldea de West Egg a ser sobornados por los tenderos, sino que pedían las provisiones por teléfono. El chico de la droguería hizo saber que la cocina parecía una pocilga, y la opinión de la aldea era que aquel personal no estaba compuesto, en modo alguno, de verdaderos criados.

Al día siguiente, Gatsby me telefoneó.

—¿Te marchas? —le pregunté.

—No, camarada.

—Pues me he enterado de que has despedido a todo el servicio.

—Me interesaba gente que no murmurara. Daisy viene por las tardes con bastante frecuencia...

¡De modo que toda la ostentosa exhibición se había derrumbado como castillo de naipes ante la desaprobación asomada a los ojos de Daisy!

—Es gente a la que Wolfsheim quería que ayudara. Son hermanos..., habían tenido un pequeño hotel.

—Comprendo.

Me telefoneaba por indicación de Daisy. ¿Querría ir mañana a almorzar a su casa? Miss Baker también iría. Daisy me llamó media hora más tarde. Pareció aliviada al enterarse de que no faltaría. Algo pasaba. Y, no obstante, se me hacía difícil creer que escogerían esta oportunidad para una escena, en particular para la más bien conmovedora escena que Gatsby me esbozara en el jardín.

El día siguiente fue tórrido; casi el postrer día de verano, y desde luego, el más caluroso. Cuando el tren en el que yo iba pasó del túnel a la luz del sol, únicamente las sirenas de la National Biscuit Company rompieron el hirviente silencio del mediodía. Los asientos de paja estaban al borde de la combustión. Por unos instantes, la mujer que iba sentada a mi lado sudó delicadamente sobre su blanca blusa; luego, mientras un diario se humedecía en sus manos, se entregó a un ataque de profundo calor, prorrumpiendo en un grito desolado. Su monedero cayó al suelo:

—¡Oh! —jadeó angustiada.

Se lo recogí, agachándome fatigosamente y, con el brazo estirado, para dar a entender que no tenía el menor designio nefasto, se lo entregué. Sin embargo, todos los que allí se encontraban, incluso ella, me miraron con recelo.

—¡Calor...! —murmuraba el revisor, a los rostros conocidos—. ¡Menudo tiempecito...! Calor..., calor... ¿Le parece que hace bastante calor...? Calor..., calor...

Mi billete volvió a mí con una mancha oscura, huella de sus dedos. Me parecía imposible que, con aquel calor, alguien pudiera interesarse por unos labios encendidos o por la cabeza que, por la noche, empaparía de sudor el bolsillo de su pijama, encima del corazón...

A través del vestíbulo de la casa de Buchanan cruzó un ligero viento que nos trajo a Gatsby y a mí el sonido del teléfono, en tanto que aguardábamos en la puerta.

—¿El cuerpo del amo? —rugía el mayordomo—. Lo lamento, Madame... No se lo podemos facilitar; está demasiado caliente... No se le puede tocar... Por lo menos, este mediodía...

Lo que en realidad dijo, fue: «Sí..., sí..., ya veré...»

Dejó el aparato y se dirigió hacia nosotros, deslizándose ligeramente para coger nuestros sombreros de paja.

—Madame les espera en el salón —exclamó, indicándonos, superfluamente, la dirección. Con aquel calor, cualquier gesto inútil constituía una afrenta a la existencia humana.

La habitación, preservada con amplios toldos, aparecía oscura y fresca. Daisy y Jordan estaban tendidas, como ídolos de plata en un enorme diván, y sus blancos trajes ondeaban bajo la brisa cantarina de los ventiladores.

—No podemos movernos —exclamaron al unísono.

Los dedos de Jordan, cubiertos de polvos que disimulaban su bronceado color, descansaron un instante en los míos.

—¿Y Mr. Thomas Buchanan, el atleta? —inquirí.

Simultáneamente oí su voz gruñona, ahogada y ronca, en el teléfono del vestíbulo.

Gatsby permaneció de pie en el centro de la roja alfombra, mirando en torno suyo con ojos fascinados. Daisy le contempló y se echó a reír con su dulce y excitante risa; una nubecilla de polvos voló de su pecho al aire.

—Se rumorea —susurró Jordan— que la amiguita de Tom está al teléfono.

Permanecimos callados. En el vestíbulo, la voz se elevó, en tono de enojo: «Muy bien, entonces no le vendo el coche. No tengo ninguna obligación con usted, y por lo que se refiere a fastidiarme con estas cosas a la hora de almorzar, le advierto que no estoy dispuesto a aguantarlo...»

—Con el teléfono en la mano —dijo Daisy, cínicamente.

—No, no —le aseguré—. Es un asunto de buena fe. Da la casualidad de que estoy enterado.

Tom abrió la puerta de par en par, bloqueó por un instante el hueco con su compacto cuerpo y se apresuró a entrar en la habitación.

—Mr. Gatsby. —Le tendió su ancha y aplastada mano, con bien disimulado desagrado—. Encantado de verle, caballero... ¿Qué tal, Nick?

—Prepara algo fresco —pidió Daisy.

Al salir Tom de la habitación, la joven se puso en

pie, se aproximó a Gatsby, y, atrayendo su rostro, le besó en la boca.

—Sabes que te quiero —murmuró.

—Olvidas que hay una señora —dijo Jordan.

Daisy miró a su alrededor con aire de duda.

—Puedes besar a Nick, si quieres.

—¡Qué chica tan ordinaria! ¡Qué soez!

—No me importa... —gritó Daisy; y empezó a cargar la chimenea. Entonces se acordó del calor y se sentó, abochornada, en el diván, en el momento en que una niñera escrupulosamente limpia entraba conduciendo a una niñita.

—Monada... Cielo... —canturreó Daisy, tendiéndole los brazos—. Ven con mamita que te quiere...

La niña, a quien la sirvienta soltara, se precipitó a través del cuarto, y se cogió tímidamente al vestido de su madre.

—Monada... Preciosidad... Mamá te ha puesto polvos en tu pelín rubio... Anda, ponte en pie y saluda a estos señores... Di: «¿Cómo está usted?»

Gatsby y yo nos inclinamos, cogiendo la pequeña y reacia manecita. Gatsby miraba, sorprendido, a la niña; creo que hasta aquel momento no había creído en su existencia.

—Me vestí antes de almorzar —dijo la niña, volviéndose vehementemente hacia Daisy.

—Eso fue porque mamá quería enseñarte. —Su rostro se inclinó hacia la única arruga del pequeño y blanco cuello almidonado—. Eres un sueño..., un sueño chiquitín.

—Sí —admitió la niña, tranquilamente—. Tía Jordan también lleva vestido blanco.

—¿Te gustan los amigos de mamá? —Daisy la puso frente a Gatsby—. ¿Te parecen guapitos?

—¿Dónde está papá?

121

—No se parece a su padre —dijo Daisy—; se parece a mí. Tiene mi pelo y mis facciones.

Daisy se sentó, otra vez, en el diván; la niñera se adelantó, tendiendo la mano.

—Vamos, Pammy.

—Adiós, cariño.

Con una mirada de resignado disgusto, la obediente niña tomó la mano de la niñera, que la arrastró fuera, en el momento en que Tom regresaba con cuatro *gin rickeys* que tintineaban, llenos de hielo.

Gatsby tomó una copa.

—Están fresquísimos —comentó con visible nerviosismo.

Bebimos, en largos y ansiosos sorbos.

—He leído en alguna parte que el sol está más caliente cada año —dijo Tom, de buen humor—. Parece que pronto la tierra se caerá en el sol o..., esperad un minuto, no, es al revés, el sol se enfría cada año... Venga conmigo —sugirió, repentinamente, a Gatsby—, me gustaría enseñarle la casa.

Salí con ellos a la terraza. Por el verde Sound, estancado por el calor, una pequeña vela reptaba lentamente hacia el fresco mar. Los ojos de Gatsby la siguieron lentamente unos instantes, luego levantó la mano y señaló a través de la bahía.

—Vivo exactamente enfrente de ustedes.

Nuestras miradas pasaron por encima de los macizos de rosas, del cálido césped y de los herbosos desperdicios de los días caniculares en la costa. Las blancas alas del barquito se movían lentamente, destacándose en el azul y fresco límite del cielo. Más allá, se veía el ondulante océano, con sus numerosas y plácidas islas.

—¡Eso es un deporte! —dijo Tom, entusiasmado—. Me gustaría pasar una hora con ese tipo.

Almorzamos en el comedor, protegido, también,

contra el calor, y absorbimos nerviosa alegría, con la fría cerveza.

—¿Qué haremos por la tarde? —preguntó Daisy—. ¿Y mañana? ¿Y los treinta próximos años?

—No te inclines hacia la morbosidad —dijo Jordan—. En otoño, cuando empieza a refrescar, la vida empieza de nuevo.

—¡Si hace tanto calor! —insistió Daisy, a punto de echarse a llorar—, y todo es tan confuso... ¡Vámonos a la ciudad!

Su voz luchaba contra el calor, golpeándole, moldeando su absurdo en las más diversas formas.

—He oído decir que, a veces, los establos han sido convertidos en garajes —decía Tom a Gatsby—, pero yo soy el primero en hacer de un garaje un establo.

—¿Quién quiere ir a la ciudad? —insistió Daisy. Los ojos de Gatsby se fijaron en ella—. ¡Ah! —exclamó la joven—, ¡tienes un aspecto tan fresco...!

Sus pupilas se encontraron, y en el espacio, se miraron largamente. Haciendo un esfuerzo Daisy se dirigió a la mesa:

—¡Tienes siempre un aspecto tan sereno!

Le había dicho que le amaba, y Tom Buchanan lo comprendió. Estaba atónito. Su boca se entreabrió; miró a Gatsby, y luego a Daisy, como si acabara de reconocer en ella a alguien conocido mucho tiempo atrás.

—Te pareces al anuncio del hombre —prosiguió Daisy, inocentemente—. ¿Conoces el anuncio del hombre...?

—Está bien —interrumpió Tom, rápidamente—, estoy perfectamente dispuesto a ir a la ciudad. Vamos, vamos todos a la ciudad.

Se levantó; sus ojos seguían centelleando entre su mujer y Gatsby. Nadie se movió.

—Vamos —su irritabilidad empezaba a hacerse visible—. ¡A ver...! ¿Qué pasa? Si hemos de ir a la ciudad, vámonos de una vez.

Su mano, temblorosa por el esfuerzo que hacía para dominarse, llevó a sus labios el vaso de cerveza. La voz de Daisy nos hizo levantar, y salimos a la ardiente grava de la alameda.

—¿Es que vamos a irnos así? —protestó Daisy—. ¿Sin dejar que nadie se fume un pitillo?

—Todos hemos fumado durante el almuerzo.

—¡Oh, divirtámonos! —rogó ella—. Hace demasiado calor para enfadarse.

Tom no contestó.

—Como quieras —dijo su mujer—. Vamos, Jordan.

Subieron al piso a arreglarse. El plateado disco de la luna asomaba ya por Occidente. Gatsby hizo intención de hablar, y cambió de idea, en el preciso momento en que Tom dio la vuelta, mirándole interesado.

—¿Tiene aquí los caballos? —preguntó Gatsby, al fin, haciendo un esfuerzo.

—A eso de un cuarto de milla, por la carretera.

—¡Ah!

Una pausa.

—No veo la razón de ir a la ciudad —declaró Tom, rabiosamente—. ¡Se les mete cada cosa en la cabeza a esas mujeres...!

—¿Nos llevamos algo para beber? —preguntó Daisy, desde una ventana.

—Llevaré algo de whisky —repuso Tom, entrando en la casa.

Gatsby se volvió rígidamente.

—En su casa no puedo decir nada, camarada.

—Es que Daisy tiene una voz tan indiscreta... —observé—. Está llena de... —vacilé.

—Su voz está llena de dinero... —concluyó él de súbito.

Era cierto. Hasta entonces no lo había comprendido. Estaba llena de monedas; eso constituía el inagotable encanto que en ella ascendía y bajaba: el tintineo, la canción de los címbalos... En lo más alto de un blanco palacio, Daisy era la hija del rey, la muchacha de oro...

Tom salió envolviendo en una toalla una botella, seguido de Daisy y Jordan, que se habían puesto sombreritos de malla y llevaban al brazo ligeros abrigos.

—Vamos todos en mi coche —sugirió Gatsby. Tocó el caliente cuero verde del asiento—. Debí haberlo dejado a la sombra.

—¿Es sistema *standard*? —preguntó Tom.

—Sí.

—Bueno, pues coja usted mi coche y déjeme que yo lleve el suyo.

La sugerencia desagradó a Gatsby.

—Me parece que no hay suficiente gasolina.

—Hay de sobra —exclamó Tom, ruidosamente, mirando el indicador—, y, si se acaba, siempre estoy a tiempo de pararme en una droguería... Hoy en día, en las droguerías se encuentra de todo.

Al oír esta frase, aparentemente insustancial, Daisy miró a Tom con las cejas fruncidas, al tiempo que una enigmática expresión, que para mí resultaba definidamente familiar y vagamente reconocible, como si sólo la conociera descrita en palabras, cruzó el rostro de Gatsby.

—Vamos, Daisy —dijo Tom, empujándola al coche de Gatsby—. Te llevaré en este carromato de circo.

Abrió la puerta, pero ella se hurtó a sus brazos, inmediatamente.

—Llévate a Nick y a Jordan; nosotros te seguiremos en el cupé.

Pasó por delante de Gatsby, rozándole la chaqueta con la mano. Jordan, Tom y yo nos acomodamos en el asiento delantero. Tom maniobró desconocidos mecanismos y nos lanzó a través del opresivo calor, hasta que perdimos de vista a Gatsby y Daisy.

—¿Has visto eso? —preguntó Tom.

—¿Qué...?

Me miró agudamente, sospechando que Jordan y yo estábamos enterados de todo.

—Me creéis muy tonto, ¿verdad? —murmuró—. Quizá lo sea, pero tengo una especie de doble visión que a menudo me indica lo que he de hacer. Acaso no lo creeréis, pero la ciencia... —Se detuvo, la inmediata contingencia le sorprendió, le apartó del borde del abismo teórico—. He hecho una pequeña investigación sobre ese particular —prosiguió—. Si llego a saberlo profundizo más...

—¿Quieres decir que has ido a ver a un médium? —inquirió Jordan, burlona.

—¿Qué...? —Nos miró, confundido, al oírnos reír—. ¿Un médium?

—Para Gatsby...

—¿Para Gatsby? No, no he ido. He dicho que estuve haciendo una pequeña averiguación sobre su pasado.

—Y te enteraste de que ha sido alumno de Oxford —dijo Jordan, ayudándole.

—¿Alumno de Oxford? ¡Un cuerno...! ¡Si lleva camisas color de rosa!

—Bueno, de todas maneras ha estado en Oxford.

—Oxford, Nuevo México —respondió Tom, despreciativamente—, o algo parecido.

—Oye, Tom: si eres tan esnob, ¿por qué le invitaste a almorzar? —preguntó Jordan.

—Fue Daisy quien le invitó... Le conoce desde antes de casarnos. Sabe Dios dónde le conocería.

Los efectos de la cerveza desaparecían, y todos estábamos irritados; dándonos cuenta del creciente mal humor, permanecimos callados un rato. Entonces, cuando los apagados ojos del doctor T. J. Eckleburg aparecieron en la carretera, recordé la advertencia de Gatsby sobre la gasolina.

—Tendremos la necesaria para llegar a la ciudad —afirmó Tom.

—¡Pero allá hay un garaje! —dijo Jordan—. No tengo ganas de quedarme encerrada en este horno.

Tom accionó el freno con impaciencia. Nos deslizamos por un abrupto y polvoriento terreno, hasta detenernos debajo del letrero de Wilson. Al cabo de un momento, el propietario salió de su establecimiento, mirando el coche con rostro inexpresivo.

—Pónganos gasolina —pidió Tom, ásperamente—. ¿Cree que nos hemos parado a admirar el panorama?

—Estoy enfermo —dijo Wilson, sin moverse—. He estado malo todo el día.

—¿Qué le ocurre?

—Estoy deshecho.

—Pues tendrá que servirme. Por teléfono parecía encontrarse muy bien.

Con un esfuerzo, Wilson abandonó la sombra del umbral y, respirando ruidosamente, destornilló la tapa del tanque. A la luz del sol, su rostro tenía un tinte verdoso.

—No quería interrumpir su almuerzo —dijo—, pero necesito dinero urgentemente, y me preguntaba qué haría con el coche viejo...

—¿Qué le parece éste? —preguntó Tom—. Lo compré la semana pasada.

—Tiene un bonito color amarillo —dijo Wilson, haciendo girar dificultosamente la manivela.

—¿Lo compra?

—No hay cuidado. —Sonrió débilmente—. Sin embargo, podría hacer algún dinero con el otro.

—¿A qué viene esa repentina necesidad de dinero?

—He pasado demasiado tiempo aquí; quiero irme... Mi mujer y yo queremos marcharnos al Oeste.

—¡Que su mujer quiere...! —exclamó Tom, sorprendido.

—Lleva diez años diciéndolo. —Descansó un instante apoyado en la bomba, tapándose los ojos—. Y ahora va a marcharse, tanto si quiere como si no; pienso llevarla conmigo.

El cupé pasó velozmente por nuestro lado, levantando una ráfaga de polvo y dejando ver el centelleo de una mano.

—¿Cuánto le debo? —preguntó Tom, ásperamente.

—Estos últimos días me he enterado de ciertas cosas raras —observó Wilson—; por eso quiero irme... Por eso le he molestado con lo del coche.

—¿Cuánto le debo?

—Un dólar veinte.

El implacable y asfixiante calor empezaba a aturdirme; pasé un mal rato antes de darme cuenta de que las sospechas de Wilson no se habían dirigido aún sobre Tom. Había descubierto que Myrtle tenía otra vida lejos de él, en otro mundo, y la conmoción le había enfermado físicamente. Le miré, luego miré a Tom, que en menos de una hora había hecho un descubrimiento paralelo, y pensé que no había diferencia de raza o de inteligencia tan profunda como la indiferencia entre sanos y enfermos. Wilson estaba tan enfermo que tenía aspecto culpable, imperdonablemente culpable, como si acabara de violar a una pobre muchacha.

—Tendrá el coche —concedió Tom—. Mañana por la tarde se lo mandaré.

Aquel lugar resultaba siempre vagamente inquietante, incluso a plena luz del día; me volví como si hubiera sido advertido de algún peligro situado a mis espaldas. Las gigantescas pupilas del doctor Eckleburg continuaban vigilando por encima de los montones de ceniza, pero al cabo de un rato advertí que otros ojos nos miraban a menos de veinte pies de distancia.

Las cortinas de una de las ventanas que se abrían encima del garaje habían sido apartadas, y Myrtle Wilson estaba mirando el coche. Tan absorta estaba, que no se daba cuenta de que era observada. En su rostro se dibujaban las más diversas emociones, como imágenes de una película proyectada a cámara lenta. Su expresión era curiosamente familiar, expresión a menudo vista en rostros femeninos, aunque en el suyo parecía inexplicable y absurda, hasta que me di cuenta de que sus pupilas, dilatadas en celoso terror, se hallaban fijas no en Tom, sino en Jordan Baker, a quien creyó su esposa.

No hay confusión semejante a la que puede operarse en una mente sencilla; mientras nos alejábamos, Tom experimentaba los ardientes latigazos del pánico. Su mujer y su amante, hasta una hora antes seguras e inviolables, eludían, precipitadamente, su dominio. Por instinto, pisó el acelerador, con el doble propósito de alcanzar a Daisy y dejar atrás a Wilson. Corrimos hacia Astoria, a cincuenta millas por hora, hasta que, bajo los retorcidos cables del puente levadizo, advertimos el cupé azul, que corría tranquilamente.

—Esos cines de la calle 50 son frescos —observó Jordan—. Me gusta Nueva York, en las tardes de verano, cuando la gente está fuera. En todo hay algo muy sensual, archimaduro, como si toda clase de extraños frutos fueran a caer entre nuestras manos.

La palabra «sensual» tuvo el efecto de preocupar más aún a Tom, pero antes de idear una protesta, el cupé se detuvo y Daisy nos hizo una seña para que nos acercáramos.

—¿Adónde vamos?

—¿Qué os parece ir al cine?

—Demasiado calor —se quejó—. Id vosotros. Nosotros pasearemos y os iremos a buscar luego. —Su ingenio despertó débilmente, con un esfuerzo—: Os esperaremos en una esquina... Para que me reconozcáis, estaré fumando dos cigarrillos.

—Dejemos eso, ahora —dijo Tom, impaciente, en el momento en que un camión dejaba oír un agudo bocinazo a nuestras espaldas—. Seguidme a la parte sur de Central Park, frente al Plaza.

En el trayecto, volvió varias veces la cabeza, buscando el otro coche; si el tráfico les detenía, aminoraba la marcha hasta verles de nuevo. Creo que temía que se lanzaran por una calle transversal y desapareciesen para siempre. Pero no lo hicieron, y todos dimos el paso, menos explicable, de alquilar un salón en el Hotel Plaza.

No recuerdo la prolongada y tumultuosa discusión que acabó llevándonos en rebaño a aquella habitación, si bien tengo el agudo recuerdo físico de que, en el curso de dicha polémica, mi ropa interior se puso a reptar, cual húmeda serpiente, por mis piernas, al tiempo que intermitentes gotas de sudor corrían, frescas, por mi espalda. La sugerencia de Daisy consistente en alquilar cinco cuartos de baño y tomar baños fríos, asumió la forma más tangible de limitarnos «a alquilar un lugar donde beber un *mint-julep*». Todos dijimos, una y otra vez, que era una idea absurda; hablábamos a coro a un asombrado conserje, y creíamos, o pretendíamos creer, que estábamos resultando graciosos.

La habitación era grande y sofocante. Aunque eran

las cuatro de la tarde, las abiertas ventanas sólo dejaron paso a una ráfaga embalsamada con los cálidos aromas de las hierbas del parque. Daisy se acercó al espejo y se dedicó a arreglarse los cabellos, de espaldas a nosotros.

—Es un salón estupendo —susurró Jordan, respetuosamente; y todos nos echamos a reír.

—Abre otra ventana —ordenó Daisy, sin volverse.

—No hay más.

—Pues lo mejor será que telefonees pidiendo un hacha.

—Lo que hay que hacer es no pensar en el calor —dijo Tom, impacientemente—; dándole tanta importancia lo empeoráis diez veces. —Desenvolvió la botella de whisky de la toalla, y la puso encima de la mesa.

—¿Por qué no la deja en paz, camarada? —observó Gatsby—. Usted fue quien quiso venir a la ciudad.

Hubo un momento de silencio. El listín telefónico resbaló de su clavo y cayó al suelo. Jordan susurró: «perdón...», pero nadie se rió.

—Lo cogeré —me ofrecí.

—Ya lo tengo. —Gatsby examinó el roto cordel, murmurando—: ¡Huuum...! —y lo tiró encima de una silla.

—Magnífica expresión, ¿verdad? —dijo Tom, agudamente.

—¿Cuál?

—Eso de «camarada...» ¿Dónde lo aprendió?

—Vamos, Tom —dijo Gatsby, apartándose del espejo—. Si te pones a hacer comentarios de índole personal, no me quedo ni un minuto... Anda, llama, pide hielo para el *mint-julep*.

En el momento en que Tom cogía el teléfono, el calor comprimido estalló en ruidos; hasta nosotros llegaron los portentosos acordes de la marcha nupcial, procedentes del salón de baile de la planta baja.

—¡Es asombroso que haya alguien a quien se le ocurra casarse con este calor! —dijo Jordan, tristemente.

—Pues yo me casé a mediados de junio —recordó Daisy—. Louisville..., en junio; alguien se desmayó. ¿Quién fue, Tom?

—Biloxi —repuso, ásperamente, el interpelado.

—Un hombre llamado Biloxi, «Blocks» Biloxi, fabricante de cajas..., y era de Biloxi, Tennessee.

—Le llevaron a casa —añadió Jordan— porque vivíamos junto a la iglesia... Se quedó tres semanas, hasta que papá le dijo que se largase. Y al día siguiente de haberse ido, papá se murió. —Al cabo de un rato, añadió—: Luego no tuvo ya ninguna relación con nosotros.

—Conocí a un Bill Biloxi, de Memphis —dije.

—Era su primo... Antes de que se marchara me enteré de la historia de toda su familia... Me regaló un mazo de aluminio que uso todavía.

Al empezar la ceremonia, la música se había apagado; a través de la ventana salían alegres vivas, seguidos por intermitentes gritos de «¡yea-ea-ea!», y, finalmente, un estallido de *jazz* al iniciarse el baile.

—Nos hacemos viejos... —dijo Daisy—. Si fuéramos jóvenes, nos levantaríamos y bailaríamos.

—Acuérdate de Biloxi —la previno Jordan—. ¿Dónde le conociste, Tom?

—¿A Biloxi...? —Se concentró con un esfuerzo—. No le conocía. Era amigo de Daisy.

—No —denegó ella—. No le había visto nunca. Llegó en el coche particular...

—Pues dijo que te conocía..., que se había criado en Louisville. Asa Bird lo trajo a última hora, preguntándonos si teníamos sitio.

—Probablemente —sonrió Jordan— se proponía ir

a su casa viajando «de gorra». Me dijo que era presidente de tu clase, en Yale.

Tom y yo nos miramos extrañados.

—¡Biloxi!

—En primer lugar, no teníamos presidente.

El pie de Gatsby inició un corto e inquieto redoble. De repente, Tom le miró:

—A propósito, Gatsby, tengo entendido que es usted ex alumno de Oxford.

—Exactamente, no.

—¡Oh, sí!; tengo entendido que estuvo en Oxford.

—Sí, estuve allí.

Una pausa. Luego, la voz de Tom, incrédula, insultante:

—Debió de ser, más o menos, en la misma época en que Biloxi estuvo en New Haven.

Otra pausa. Llamó un camarero, entrando con menta aplastada y hielo, pero ni su «servidor de ustedes», ni el suave ruido producido al cerrarse la puerta, rompieron el silencio. Por fin iba a aclararse el tremendo detalle.

—Le digo que estuve allí.

—Ya lo he oído; sin embargo, me gustaría saber cuándo fue eso.

—En 1919. Sólo estuve cinco meses; por eso puedo llamarme, en realidad, ex alumno.

Tom nos miró para ver si también nosotros reflejábamos su incredulidad; pero todos mirábamos a Gatsby.

—Fue una oportunidad dada, después del armisticio, a algunos oficiales —prosiguió—. Podíamos ir a cualquiera de las universidades de Inglaterra o Francia.

Sentí impulsos de levantarme y darle una palmada en la espalda. Experimentaba una renovación de completa confianza, que ya antes había sentido.

Daisy se levantó, sonriendo, y se dirigió lentamente a la mesa.

—Descorcha el whisky, Tom —ordenó—. Te haré un *mint-julep*; verás como no te encontrarás tan estúpido... ¡Fijaos en la menta...!

—Un minuto —saltó Tom—. Desearía hacer otra pregunta a Mr. Gatsby.

—Adelante —dijo Gatsby, cortésmente.

—Vamos a ver: ¿qué clase de jaleo pretende armar en mi casa?

Por fin se veían las caras; Gatsby estaba contento.

—No pretende armar jaleo. —Daisy miró desesperadamente a uno y a otro—. Eres tú el que lo está armando... ¡Por favor, dómínate un poco...!

—¡Dominarme! —repitió Tom, maravillado—. Supongo que, para seguir la moda, tengo que quedarme sentado tranquilamente, dejando que un donnadie, salido del arroyo, haga el amor a mi mujer... Pues si tienes esta idea, no cuentes conmigo. Ahora la gente empieza a burlarse de la vida de familia y de las instituciones familiares; más adelante se echará todo por la borda, y se permitirán los matrimonios entre blancos y negros.

Sofocado por su apasionada diatriba, se vio a sí mismo, erguido, solo, en la última barrera de la civilización.

—Aquí todos somos blancos... —murmuró Jordan.

—Sé que no soy muy popular... No doy grandes fiestas... Supongo que, en el mundo moderno, para tener amigos hay que convertir las casas en pocilgas.

Enfadado como yo estaba, como estábamos todos, me entraban ganas de reír cada vez que Tom abría la boca, tan radical era su transformación de libertino en moralista pedante.

—Tengo algo que decir... —empezó Gatsby; pero Daisy adivinó su intención.

—No, por favor —interrumpió, suplicante—. ¡Vámonos a casa! ¿Por qué no nos vamos a casa...?

—Es una buena idea. —Me levanté—. Vamos, Tom, nadie quiere beber...

—Quiero saber lo que Mr. Gatsby tiene que decir.

—Su mujer no le quiere —manifestó Gatsby—; jamás le ha querido. ¡Me quiere a mí!

—¡Está usted loco! —exclamó Tom, automáticamente.

Gatsby se puso en pie, ardiendo de excitación.

—Nunca le ha amado, ¿me oye? Se casó con usted porque yo era pobre y se cansó de esperarme... Fue una terrible equivocación, pero, en el fondo, no ha amado a nadie más que a mí.

Al llegar a este punto, Jordan y yo intentamos irnos, pero Tom y Gatsby insistieron con obstinada firmeza en que nos quedáramos, como si no tuvieran nada que ocultar, y como si nos concedieran el obligado privilegio de compartir sus emociones.

—Siéntate, Daisy. —La voz de Tom buscó, inútilmente, la nota paternal—. ¿Qué ha habido entre vosotros? Quiero enterarme de todo...

—Ya le he dicho lo que ha habido —dijo Gatsby—. Hace cinco años que dura, y usted lo ha estado ignorando.

Tom se volvió bruscamente hacia Daisy.

—¿Le has estado viendo durante cinco años?

—No nos hemos visto —dijo Gatsby—. No podíamos vernos. Sin embargo, nos hemos estado queriendo todo el tiempo, camarada, y usted no lo sabía. A veces me reía —sin embargo, a sus ojos no asomó la menor hilaridad— al pensar que usted no lo sabía.

—¡Oh, eso es todo...! —Tom juntó sus dedos en actitud beatífica, y se recostó en la silla—. ¡Está loco! —estalló—. No puedo decir nada de lo que ocurrió hace cinco años porque no conocía a Daisy, y que me aspen si entiendo cómo pudo acercarse a ella..., a no ser que fuera el que entraba los comestibles por la puerta trasera... Pero el resto es una endiablada mentira. Cuando nos casamos, Daisy me quería; y sigue queriéndome ahora.

—No —opuso Gatsby, moviendo la cabeza.

—¡Claro que sí!; lo que pasa es que, a veces, se le meten ideas tontas en la cabeza y no sabe lo que hace —afirmó Tom juiciosamente—. Y lo que es más: yo también la quiero. De vez en cuando echo una canita al aire y me porto como un tonto, pero siempre vuelvo a ella. En el fondo del alma, no dejo de quererla.

—¡Eres asqueroso! —exclamó Daisy; se volvió a mí. Su voz bajó una octava, y llenó la habitación con su escalofriante sarcasmo—. ¿Sabes por qué nos marchamos de Chicago? Me extraña que no te hayan deleitado con la historia de la cana al aire.

Gatsby se le acercó, colocándose a su lado.

—Ya pasó todo, Daisy —le dijo ansiosamente—. No tiene importancia. Sólo debes decirle la verdad: que nunca le has querido, y que todo queda borrado para siempre.

Ella le miró, sin verle.

—¿Cómo puedo..., podía quererle?

—Nunca le quisiste.

Daisy vaciló; sus pupilas nos miraron a Jordan y a mí con una especie de súplica, como si, por fin, se diera cuenta de lo que estaba haciendo, y como si nunca, en momento alguno, hubiera tenido la intención de hacerlo. Pero ya estaba hecho. Era demasiado tarde.

—Nunca le quise —dijo, con perceptible esfuerzo.

—¿Tampoco en Kapiolani? —inquirió Tom, súbitamente.

—No...

Ahogados y sofocantes acordes flotaban hacia arriba, desde el salón de baile, empujados por cálidas oleadas de aire.

—¿Ni el día en que te llevé en brazos desde Punch Bowl, para que no te mojaras los pies? —En su voz había una ronca ternura—. ¡Contéstame, Daisy...!

—No, ¡por favor! —Su voz era fría, mas todo rencor había desaparecido de ella. Miró a Gatsby—. ¡Oh, Jay! —dijo. Su mano temblaba al encender el cigarrillo. Repentinamente, tiró el cigarrillo y la cerilla a la alfombra—. ¡Pides demasiado! —gritó—. Te quiero ahora, ¿no es suficiente? No puedo evitar el pasado... —empezó a llorar, completamente indefensa—. Es cierto que quise a Tom, pero también te quise a ti.

Gatsby parpadeó, desconcertado.

—¡*También* me quisiste...!

—Incluso eso es mentira —dijo Tom, salvajemente—. Ella no sabía que usted vivía... ¡Vaya, hay cosas, entre Daisy y yo, que usted nunca sabrá...! Cosas que ninguno de los dos podremos olvidar.

Estas palabras parecieron morder a Gatsby.

—Quiero hablar a solas con Daisy —insistió—. Ahora está excitada.

—No puedo decir que nunca quise a Tom... —declaró Daisy, con voz lastimera—. No sería verdad.

—Claro que no —asintió Tom.

Daisy se dirigió a su marido:

—¡Como si te importara...!

—¡Claro que me importa! De ahora en adelante cuidaré mejor de ti.

—¿Es que no lo comprende? —dijo Gatsby, con verdadero pánico—. No se cuidará nunca más de ella.

—Ah, ¿no? —Tom abrió los ojos desmesuradamente, rompiendo a reír. Ahora podía permitirse el lujo de dominarse—. ¿Y por qué?

—Daisy le abandona.

—¡Sandeces...!

—Pues, sí —dijo ella, con visible contrariedad.

—¡No me abandona! —Las palabras de Tom parecieron abalanzarse sobre Gatsby—. Desde luego, no me dejará por un vulgar estafador que tendría que robar la sortija que le pusiera en el dedo.

—¡No puedo más! —exclamó Daisy—. ¡Por favor..., vámonos!

—Después de todo, ¿quién es usted? —interrumpió Tom—. Uno de la pandilla de Meyer Wolfsheim... Lo sé... He hecho una pequeña investigación sobre sus asuntos, y mañana la continuaré.

—Como guste..., camarada —dijo Gatsby, tranquilamente.

—Me he informado acerca de sus droguerías. —Se volvió hacia nosotros, hablando de prisa—. Éste y Wolfsheim compraron un montón de droguerías situadas en calles apartadas, aquí y en Chicago, y en el mostrador vendían aguardiente de maíz. Ésta es una de sus pequeñas hazañas... La primera vez que le vi me dio la impresión de ser contrabandista de alcohol, y no me equivoqué en mucho.

—¿Y qué hay con eso...? —dijo Gatsby, cortésmente—. Por lo visto, su amigo Walter Chase no tuvo tantos humos y se metió en el asunto.

—Y usted le dejó en la estacada, ¿no es cierto? Permitió que pasara un mes en la cárcel, en Nueva Jersey... ¡Santo Dios! ¡Tendría que oír lo que Walter dice de usted!

—Vino a nosotros sin un chavo... Quedó muy satisfecho al hacerse con un poco dinero, camarada.

—¡A mí no me llame camarada! —gritó Tom. Gatsby no contestó—. Walter pudo haberles denunciado por contravenir la ley de apuestas, pero Wolfsheim le espantó, haciéndole cerrar el pico. —La poco familiar, aunque reconocible expresión, asomó de nuevo en el rostro de Gatsby—. Ahora está metido en algo que Walter no se atreve a decir.

Miré a Daisy —que contemplaba aterrorizada a ambos contendientes— y a Jordan que había empezado a balancear un invisible e intrigante objeto en la punta de su barbilla. Me volví hacia Gatsby, y me sorprendió su expresión. Tenía el aspecto —y esto lo digo despreciando olímpicamente las habladurías de su jardín— de haber matado a un hombre. Por un instante, la expresión de su rostro pudo ser descrita así, de esta fantástica manera.

Se desvaneció su extraña expresión, y empezó a hablar excitadamente a Daisy negándolo todo y defendiendo su nombre contra acusaciones no formuladas. Sin embargo, a cada palabra suya, ella se retiraba más y más dentro de sí misma. Por fin, Gatsby se rindió, y sólo, en el somnoliento silencio de la tarde agonizante, intentó coger lo que no era ya tangible, luchando tristemente, sin desmayar, por aquella voz perdida al otro extremo de la habitación.

De nuevo, la voz pidió irse:

—¡Por favor, Tom, ya no puedo más!

Sus asustadas pupilas decían, bien claramente, que cualquier intención, cualquier valor que hubiera tenido, se había esfumado definitivamente.

—Daisy —dijo Tom—. Tú y Gatsby os vais a casa en su coche.

Daisy le miró alarmada, pero él insistió, con magnánimo desprecio:

—Puedes ir; ya no te molestará. Me parece que se ha dado cuenta de que su presuntuoso pequeño flirteo se acabó.

Se marcharon sin una palabra, de repente, aislados, al igual que fantasmas.

Al cabo de un momento, Tom se puso en pie y envolvió de nuevo la botella de whisky.

—¿Queréis un poco de esto...? ¿Jordan...? ¿Nick...?
—ofreció.

No contesté.

—¿Nick...? —repitió.

—¿Qué...?

—¿Quieres un poco...?

—No.

Acababa de acordarme de que aquel día precisamente era mi cumpleaños. Cumplía treinta años; ante mí se extendía el portentoso y amenazador camino de una nueva década.

Eran las siete cuando subimos al cupé y nos dirigimos a Long Island. Tom hablaba incesantemente, exultante, risueño, pero su voz estaba tan lejos de Jordan y de mí como el extraño bullicio callejero o el tumulto del tren elevado. La simpatía humana tiene sus límites; nos sentíamos contentos de dejar las luces de la ciudad. Treinta años... Promesa de una década de soledad, una lista más reducida de amigos solteros, una cartera cada vez más delgada, indicios de calvicie... Pero Jordan estaba a mi lado y, al contrario que Daisy, era demasiado prudente para arrastrar, de época en época, olvidados sueños. Al pasar por encima del oscuro puente, su pálido rostro se apoyó, perezosamente, sobre mi hombro, y el formidable tañido de los treinta años se apagó a la tranquilizadora presión de su mano.

Así pues, nos dirigimos hacia la puerta, a través del fresco crepúsculo.

El joven griego Michaelis, dueño del café emplazado junto a los montones de ceniza, fue el principal testigo en el sumario judicial. Durmió durante las horas de más calor, hasta después de las cinco; luego se dirigió al garaje, donde encontró a George Wilson enfermo en su despachito. Auténticamente enfermo, tan pálido como su pálido cabello, y temblando de pies a cabeza. Michaelis le aconsejó que se metiera en la cama, pero Wilson se negó, diciendo que si lo hacía perdería un negocio, y mientras su vecino intentaba convencerle, se oyó arriba un tremendo estrépito.

—Tengo a mi mujer encerrada —explicó Wilson, tranquilamente—. Allí se quedará hasta pasado mañana. Entonces nos iremos.

Michaelis se quedó de una pieza. Durante cuatro años habían sido vecinos, y Wilson jamás dio la impresión de ser capaz de llegar a tal extravagancia. Por lo general, era uno de esos hombres eternamente fatigados; cuando no trabajaba, se sentaba en una silla junto a la puerta, mirando la gente y los coches que pasaban por la carretera. Cuando se le hablaba, reía, invariablemente, en forma agradable e inexpresiva. Pertenecía a su mujer, no a sí mismo.

Naturalmente, Michaelis quiso averiguar lo ocurrido, pero Wilson no soltaba prenda. En lugar de responder, empezó a dar curiosas y recelosas miradas a su visitante, y a preguntarle lo que estuvo haciendo en ciertos momentos de ciertos días. En el instante en que el joven empezaba a sentirse desconcertado, unos obreros pasaron en dirección a su restaurante, de modo que aprovechó la oportunidad para irse, con idea de volver más tarde. Pero no regresó. En su declaración suponía que se le olvidó volver. Al salir de nuevo, a eso de las siete, se acordó de la conversación, porque en el garaje había oído la voz de Mrs. Wilson, sonora y regañona.

—¡Pégame! —oyó gritar—. Tírame al suelo y pégame... ¡Cochino cobarde!

Un instante después se precipitaba en el crepúsculo, moviendo las manos; apenas acababa de salir a la carretera cuando, en un segundo, ocurrió todo.

El coche asesino, como le llamaron los periódicos, no se detuvo; salió de las sombras que empezaban a caer. Se bamboleó trágicamente y desapareció por el primer recodo. Mavro Michaelis ni siquiera estaba seguro del color; al primer policía le dijo que era verde claro. El otro coche, que iba a Nueva York, se paró a cien yardas. Su conductor se apresuró a acercarse a Myrtle Wilson, que estaba de bruces en la carretera, sin vida, con una espesa y oscura mancha de sangre absorbida por el polvo.

Michaelis y este hombre fueron los primeros en llegar; cuando abrieron la blusa, aún húmeda de sudor, vieron que el seno izquierdo de la víctima colgaba suelto como una aleta; no hacía falta auscultarle el corazón. Tenía la boca abierta, algo desgarrada en las comisuras, como si al entregar la tremenda vitalidad que durante tanto tiempo almacenara, se hubiera ahogado.

Estábamos aún a cierta distancia cuando ya advertimos tres o cuatro automóviles y la gente allí congregada.

—Un choque —dijo Tom—, eso es bueno. Al menos, Wilson tendrá algo que hacer.

Aminoró la marcha, sin la menor intención de pararse, hasta que, al aproximarnos, los atónitos y crispados rostros de la gente agrupada frente a la puerta del garaje, le impulsaron a frenar bruscamente.

—Voy a dar un vistazo —me dijo, vacilante—, sólo un vistazo.

A mis oídos llegó entonces un triste y desgarrador lamento que salía sin cesar del garaje, lamento que, al bajar nosotros del coche y dirigirnos a la puerta, se resolvió en las palabras: «¡Oh, Dios Santo!», repetidas una y otra vez en jadeante lloriqueo.

—Aquí ha ocurrido algo malo —dijo Tom, excitado.

Poniéndose de puntillas, miró por encima de un círculo de cabezas en dirección al garaje, iluminado sólo por una luz amarilla colocada dentro de una oscilante cesta de metal. De su garganta salió un áspero ronquido y, con un violento empujón, se abrió camino.

Volvió a cerrarse el círculo, con un murmullo de reconvención. Pasó un minuto antes de que pudiese ver nada. Los que llegaban descompusieron el grupo; de súbito, Jordan y yo fuimos oprimidos por dos filas de espectadores.

El cuerpo de Myrtle Wilson, envuelto en dos mantas como si estuviera resfriada, yacía en un banco de trabajo, al lado de la pared. De espaldas a nosotros, Tom estaba inclinado, inmóvil, mirándola. A su lado se hallaba un policía de tráfico que tomaba nombres, con mucho sudor y corrección, en una libretita. No pude dar con la fuente del agudo alarido que resonaba clamorosamente por el desnudo garaje; luego vi a Wilson en el umbral del despachito, tambaleándose de aquí para allá, cogido a los montantes con las dos manos. Alguien le hablaba en voz baja. De vez en cuando intentaba apoyar una mano en su hombro, pero Wilson no oía ni veía. Sus ojos pasaban de la luz al banco, y volvía a tambalearse, emitiendo, sin parar, su agudo y horrible clamor.

. De pronto, Tom levantó la cabeza y, tras mirar en torno al garaje con vidriosas pupilas, dirigió una confusa pregunta al policía.

—M-a-v —decía el policía.

—No..., erre —corrigió el otro hombre—, Mavro.

—Oiga —exclamó Tom, airadamente.

—Erre —dijo el policía—. Luego una o...

—Eso es. Ge...

—Ge... —Miró a Tom en el instante en que su manaza caía pesadamente sobre su hombro—. ¿Qué quiere?

—Quiero saber lo ocurrido.

—La atropelló un coche... Murió instantáneamente.

—Muerta instantáneamente... —repitió Tom con los ojos desorbitados.

—Echó a correr por la carretera... El muy... granuja ni siquiera paró el coche.

—Pasaban dos coches. Uno «pa» arriba y otro «pa» abajo... —intervino Mavro.

—¿Para dónde? —preguntó el policía, agudamente.

—Uno «pa» cada «lao», y ella... —Su mano se levantó señalando las mantas, pero se detuvo a mitad de camino, cayendo otra vez—. Echó a correr... El que venía de Nueva York le dio un trompazo..., iba a treinta o cuarenta millas por hora.

—¿Cómo se llama este lugar? —preguntó el policía.

—No tiene nombre.

Un negro pálido, bien vestido, se acercó.

—Fue un coche amarillo —dijo—, un enorme coche amarillo..., nuevo.

—¿Presenció el accidente?

—No, pero el coche pasó junto a mí por la carretera; iba a más de cuarenta millas por hora... A cincuenta o sesenta.

—Dígame su nombre. Oiga, quiero que me diga su nombre.

Algunas palabras de esta conversación debieron llegar a Wilson, que seguía balanceándose en la puerta, pues, de súbito, su voz se dejó oír:

—No tienen que decirme qué clase de coche era... Sé qué coche era.

Al mirar a Tom, vi cómo sus bíceps se endurecían bajo la chaqueta; se dirigió rápidamente a Wilson y, plantándose delante de él, le cogió firmemente por los sobacos.

—Tiene que rehacerse... —le dijo con suave aspereza.

Wilson miró a Tom, se puso de puntillas, y hubiera caído de rodillas si Tom no le hubiese sostenido.

—Oiga —dijo Tom, sacudiéndole un poco—. Acabo de llegar de Nueva York... Le traigo el cupé de que hablamos. El coche amarillo que conducía esta tarde no era mío, ¿entiende? En toda la tarde no lo he visto.

Sólo el negro y yo estábamos bastante cerca para oír lo que decía, pero el policía advirtió algo en su tono, y le miró con ojos maliciosos.

—¿Qué ocurre aquí? —preguntó.

—Soy amigo suyo. —Tom volvió la cabeza sin dejar de sujetar a Wilson—. Dice que sabe cuál es el coche..., un coche amarillo.

Algún oscuro impulso movió al policía a mirar recelosamente a Tom.

—¿Y de qué color es el suyo?

—Es un cupé azul.

—Veníamos directamente de Nueva York —intervine.

Alguien que había llegado detrás de nosotros confirmó nuestra declaración, y el policía se alejó.

—Tengan la bondad de dejarme tomar bien los nombres.

Tom, cogiendo a Wilson como si fuera un muñeco, le llevó al despachito, le sentó en una silla y regresó.

—No estaría de más que alguien le hiciera compañía —exclamó autoritariamente, fijando sus ojos sobre el grupo.

Los dos hombres que estaban más cerca de él se miraron desconcertados y entraron de mala gana en la habitación. Tom cerró la puerta y bajó el único peldaño, evitando mirar a la mesa. Al pasar por mi lado susurró:

—Vamos.

Un poco cortado, en tanto que él con sus musculados brazos se abría camino, le seguí por entre el gentío; en el trayecto nos cruzamos con un individuo que llevaba un maletín. Era un médico que, con exagerada esperanza, se mandó a buscar media hora antes.

Tom maniobró lentamente hasta más allá del recodo; una vez allí pisó el acelerador, y el coche voló a través de la noche. Al cabo de un instante, oí un ronco y quedo sollozo. Las lágrimas corrían por su cara.

—¡Condenado cobarde! —gimoteó—. Ni siquiera parar el coche...

Entre los oscuros y rumorosos árboles se destacó, de repente, la casa de los Buchanan. Tom frenó al lado del pórtico y miró al segundo piso, donde, entre las enredaderas, se vislumbraban dos ventanas iluminadas.

—Daisy está en casa. —Al bajar del coche me miró, frunciendo ligeramente las cejas—. Debí haberte dejado en West Egg, Nick... Esta noche ya no podemos hacer nada...

En su espíritu se había operado un cambio; hablaba gravemente, con decisión. Al pasar por la grava, iluminada por la luz de la luna, y antes de entrar por el pórtico, solucionó la situación en pocas y enérgicas frases:

—Telefonearé para que un taxi te lleve a casa. Mientras esperas, valdría más que tú y Jordan fueseis a la cocina a que os den un poco de cena..., si queréis. —Abrió la puerta—: Entra.

—No, gracias. Te agradecería que pidieses el taxi...
Esperaré afuera.

Jordan puso una mano en mi brazo.

—¿No quieres entrar, Nick?

—No, gracias.

Me sentía descompuesto y quería estar solo, pero
Jordan se entretuvo un momento:

—¡Si sólo son las nueve y media! —exclamó.

No entraría ni que me lo pidiesen de rodillas. Estaba más que harto de todos ellos, Jordan incluida. Seguramente debió darse cuenta de lo que me ocurría
porque se volvió bruscamente y subió los peldaños del
pórtico, entrando en casa. Me senté unos minutos con
la cabeza apoyada en las manos, hasta que oí descol-
gar el teléfono. Sonó la voz del mayordomo encargan-
do un taxi; entonces eché a andar, lentamente, por la
alameda, con la idea de esperar junto a la verja.

No había recorrido veinte yardas cuando oí mi
nombre. Gatsby apareció en el sendero, surgiendo de
entre dos matorrales. En aquel instante debía sentir-
me presa de extrañas ideas, porque no podía pensar
en nada; excepto en la luminosidad de su camisa color de rosa, bajo los rayos de la luna.

—¿Qué haces? —le pregunté.

—Pues me estoy por aquí, camarada...

No sé por qué aquélla me pareció una despreciable
ocupación. A juzgar por lo que de él habían dicho,
era muy capaz de asaltar la casa en un santiamén. No
me hubiera extrañado ver rostros siniestros, los rostros de la gente de Wolfsheim, a sus espaldas.

—¿Has visto algo en la carretera? —preguntó, al
cabo de un minuto.

—Sí.

—¿Murió?

—Sí.

—¡Me lo imaginé! Le dije a Daisy que me había

parecido... Es mejor recibir el golpe de una vez. Lo resistió muy bien.

Hablaba como si la reacción de Daisy fuese lo único que tuviese importancia.

—Llegué a West Egg por un atajo —prosiguió— y dejé el coche en el garaje. No creo que nadie nos viera, aunque... no estoy seguro.

En aquellos momentos me desagradaba tanto, que no creí necesario decirle que estaba equivocado.

—¿Quién era la mujer?

—Se llamaba Wilson. Su marido es el dueño del garaje. ¿Cómo demonios ocurrió?

—Verás. Intenté coger el volante... —Se interrumpió y, súbitamente, adiviné la verdad.

—¿Conducía Daisy?

—Sí —dijo, al cabo de un momento—. Aunque, como es natural, diré que era yo quien lo hacía. Al salir de Nueva York estaba muy nerviosa; creyó que conducir la calmaría, y la mujer se precipitó en el momento en que nos cruzábamos con un coche que pasaba en dirección contraria; todo sucedió en un minuto. Me pareció que la mujer quería hablarnos; se le debió ocurrir que nos conocía. Daisy, primeramente, se apartó de la mujer desviándose hacia el otro coche; luego perdió la serenidad y soltó el volante; en el momento en que yo lo cogí, sentí el choque... Debió morir instantáneamente.

—La destrozasteis...

—No me lo cuentes, camarada. —Se estremeció—. Sea como sea, Daisy apretó el acelerador. Quise hacerla parar, y ella se negó, obligándome a usar el freno de mano; se cayó sobre mis rodillas, y yo seguí... Mañana se encontrará bien —añadió, pensativo—. Me quedo para ver si la molesta por la desagradable escena de esta tarde. Se ha encerrado en su cuarto; si él intenta alguna brutalidad, encenderá y apagará la luz.

—No temas, no la tocará; no piensa en ella.

—No me inspira confianza.

—¿Cuánto esperarás?

—Toda la noche, si es preciso... En todo caso, hasta que todos se acuesten.

Se me ocurrió un nuevo punto de vista. Supongamos que Tom se enterase de que era Daisy quien conducía; pensaría que existía algo significativo en este hecho, pensaría cualquier cosa. Miré a la casa. Dos o tres ventanas aparecían iluminadas en la planta baja, y el rosado resplandor de la habitación de Daisy en el piso.

—Espera —le dije—. Voy a ver si hay indicios de conmoción.

Volví a pasar por el borde del césped, crucé suavemente la grava y, de puntillas, subí los peldaños de la terraza. Las cortinas del salón estaban descorridas y la habitación, vacía. Atravesando el pórtico donde cenamos tres meses atrás en aquella noche de junio, llegué a un pequeño rectángulo de luz. Adiviné que era la ventana de la despensa. La persiana estaba echada, pero pude dar con una rendija. Daisy y Tom estaban sentados ante la mesa de la cocina, frente a una fuente de pollo frío y dos botellas de cerveza. Tom hablaba vehementemente, y en su anhelante discurso su mano cubría la de su mujer. De vez en cuando, ella le miraba y agachaba la cabeza en signo de asentimiento.

No eran felices; no habían tocado el pollo ni la cerveza y, no obstante, tampoco eran desgraciados. En aquel cuadro doméstico existía un inequívoco aire de natural intimidad; cualquiera hubiera dicho que conspiraban.

Al alejarme de puntillas, oí a mi taxi que se abría camino por el oscuro camino, hacia la casa. Gatsby aguardaba en la alameda, donde yo le dejara.

—¿Todo tranquilo? —preguntó con ansiedad.

—Sí..., todo tranquilo... —vacilé—. Vale más que te vayas a casa y duermas un poco.

Movió la cabeza.

—Quiero esperar hasta que Daisy se acueste. Buenas noches, camarada...

Se metió las manos en los bolsillos de la chaqueta y volvió, ansiosamente, a vigilar la casa, como si mi presencia estorbase su caballeresca vigilancia. Así es que me alejé, dejándole allí, erguido bajo la luna, vigilando la nada.

CAPÍTULO VIII

En toda la noche no pude dormir; una sirena de niebla gemía incesantemente en el Sound, y yo daba vueltas, medio enfermo, entre la grotesca realidad y horribles pesadillas. Hacia la madrugada oí un coche que subía por la alameda de Gatsby. Salté de la cama y empecé a vestirme. Tenía que decirle algo, prevenirle de algo; mañana sería demasiado tarde.

Al cruzar el césped, vi que la puerta de entrada seguía abierta; él estaba apoyado en una mesa del vestíbulo, fatigado por la vigilia, la tristeza o el desaliento.

—No sucedió nada —dijo tristemente—. Esperé. A eso de las cuatro salió a la ventana, estuvo allí un minuto, y apagó la luz...

Su caserón nunca me había parecido tan enorme como aquella noche, cuando registramos las habitaciones buscando cigarrillos. Apartamos cortinas que eran como pabellones, tanteamos por encima de muchos pies de oscura pared, buscando interruptores de luz eléctrica. Una vez resbalé sobre las teclas de un fantasmal piano. Por todas partes había una inexplicable cantidad de polvo; las habitaciones olían a moho, como si hiciera muchos días que no se hubieran ventilado. Encontré el humitor en una desconocida mesita, con dos cigarrillos pasados. Abriendo de par en par los balcones del salón, nos sentamos a fumar en la oscuridad.

—Deberías marcharte —le dije—. Es casi seguro que encontrarán tu coche.

—¿Irme *ahora*, viejo camarada?

—Vete a pasar una semana a Atlantic City o a Montreal.

No quiso pensarlo ni un momento. De ningún modo podía dejar a Daisy hasta saber lo que haría... Se había aferrado a una última esperanza, y no podía zafarse de ella.

Fue en aquella noche cuando me contó la extraña historia de su juventud al lado de Dan Cody; me la contó porque Gatsby se había quebrado, como el cristal, contra la dura maldad de Tom; la larga y secreta extravagancia había llegado a su fin. Creo que en aquellos momentos hubiese relatado, sin reservas, cualquier cosa, pero quería hablar de Daisy.

Era la primera muchacha de buena familia que había conocido. En varias, aunque no reveladas actividades, había entrado en contacto con tal gente, pero siempre con indiscernibles alambradas de por medio. Al conocerla, la encontró excitantemente deseable. Primero fue a su casa con otros oficiales de Camp Taylor; luego, solo. Le sorprendió. Nunca había estado en una casa tan hermosa, pero lo que le daba un aire de jadeante intensidad era que Daisy vivía allí. Para ella, aquella casa era algo tan indiferente como para él su tienda de campaña en el campamento. En torno a ella había un maduro misterio, vistazos de dormitorios más frescos y hermosos que otros dormitorios, alegres y radiantes actividades que tenían lugar por los pasillos, romances que no estaban marchitos y guardados entre hojas de lavanda, sino frescos y llenos de vida; automóviles último modelo, bailes cuyas flores apenas se marchitaban. También le excitaba el hecho de que muchos hombres hubiesen amado a Daisy; en su opinión, eso aumentaba su intrínseco valor. Sentía su presencia en toda la casa, impregnando el aire con las sombras y los ecos de emociones que se prendían, temblorosas, en la atmósfera.

Sin embargo, sabía que estaba en casa de Daisy por un colosal accidente. Por glorioso que fuera su porvenir con Jay Gatsby, en la actualidad era un pobre muchacho sin pasado; en cualquier instante, la invisible capa de su uniforme resbalaría de sus hombros. Así, pues, aprovechaba el tiempo. Tomaba cuanto podía coger, voraz y despreocupadamente. Una callada noche de invierno, tomó a Daisy; la hizo suya, precisamente, porque no tenía derecho a tocar su mano.

Tenía motivos para despreciarse; la hizo suya con deliberado engaño. No quiso decir que mencionara sus fantasmales millones, pero había dado a Daisy una sensación de seguridad, la dejó creer que pertenecía a su mismo ambiente, que estaba ampliamente capacitado para cuidar de ella. Y carecía de estas facilidades; a sus espaldas no existía una confortable familia, sino que se hallaba sujeto al capricho de un impersonal gobierno que, en cualquier instante, podría enviarle a otro rincón del planeta.

Pero no se despreció, y las cosas no salieron como imaginara. Probablemente se había propuesto tomar lo que pudiera y largarse, pero se encontró con que se había entregado a algo sublime. Sabía que Daisy era extraordinaria, pero no se había dado cuenta de lo muy extraordinaria que puede ser una muchacha decente. Se esfumó en su suntuosa casa, en su suntuosa y animada casa, dejando a Gatsby como un cero a la izquierda. Y él se sentía casado con ella, eso era todo.

Cuando, dos días más tarde, se volvieron a ver, fue Gatsby quien estaba jadeante; quien, sin explicarse en qué forma, se sentía traicionado. La terraza brillaba con el lujo de las estrellas que se compran. Al volverse Daisy para que él besara su extraña y adorable boca, crujió elegantemente el mimbre del sillón. La muchacha se había resfriado, y su voz sonaba más ronca y encantadora que nunca. Gatsby se daba abrumadora cuenta de la juventud y misterio que la riqueza atesora y protege, de la lozanía de un nutrido guardarropa, y de Daisy, radiante como la plata, segura y orgullosa por encima de las ardientes luchas de los pobres.

—No tengo palabras para describirte mi sorpresa al comprender que la amaba, camarada... Incluso llegué a desear que me echase a la calle. Pero, no; no lo hizo; estaba enamorada de mí. Creía que yo sabía mucho, porque sabía cosas diferentes de las suyas... Bueno; me encontraba allí, lejos de mis ambiciones, enamorándome más a cada minuto, y... de repente, no me importó. ¿De qué me servía hacer grandes cosas si lo pasaba mejor contándole a ella lo que haría?

La última tarde, antes de su partida a ultramar, tuvo a Daisy en sus brazos, durante largos y silenciosos momentos. Era un frío día de otoño; en la habitación había fuego, y ella tenía las mejillas encendidas. De vez en cuando se movía; él cambiaba la posición de su brazo. En una ocasión, besó su oscuro y sedoso cabello; la tarde les había sosegado como dándoles un profundo recuerdo para la larga despedida que el día siguiente prometía. En todo su mes de amor, jamás estuvieron más cerca uno de otro ni se comprendieron tan bien como cuando ella rozaba con sus silenciosos labios el hombro de su chaqueta o él acariciaba, suavemente, las puntas de sus dedos, como si durmiera.

En la guerra destacó sobresalientemente. Antes de ir al frente era capitán; después de la batalla de Argonne obtuvo el grado de mayor y el mando del batallón de ametralladoras. Después del armisticio, intentó, frenéticamente, regresar a América, pero alguna complicación o mal entendido le hizo ir a parar a Oxford. Estaba preocupado; en las cartas de Daisy latía una especie de nerviosa desesperación. No comprendía por qué no regresaba. Experimentaba la presión del mundo exterior; quería verle, sentir su presencia a su lado, estar segura de que, después de todo, obraba bien.

Y es que Daisy era joven; su artificioso mundo estaba saturado de orquídeas, de agradable y alegre fanfarronería, y de orquestas emitiendo el ritmo del año, que resumía toda la tristeza y las posibilidades de la vida, en nuevas canciones. Los saxofones gemían, durante toda la noche, el desolado comentario de los *Beale Street Blues*, en tanto que centenares de dorados y plateados zapatitos hollaban el reluciente polvo. A la hora gris del té, siempre había habitaciones que latían incesantemente con esta leve y dulce fiebre, mientras frescos rostros flotaban aquí y allá, cual pétalos de rosa impulsados por el aire de los tristes instrumentos.

Daisy empezó a circular de nuevo a través de este universo crepuscular; repentinamente, volvió a tener media docena de citas diarias con media docena de hombres, y se dormía al amanecer, mientras las gasas y las cuentas de su traje de noche se arrugaban en el suelo, al lado de las moribundas orquídeas. Y todo el tiempo, algo en su interior exigía una decisión. Quería moldear su vida inmediatamente; la decisión por amor, o por dinero. Esta última era una indiscutible posibilidad que tenía a mano.

Y a mediados de primavera, la fuerza tomó forma con la llegada de Tom Buchanan. En su persona y en su posición existía una saludable solidez, y Daisy se sintió halagada. Desde luego, hubo cierta lucha y cierto alivio; la carta le llegó a Gatsby cuando aún estaba en Oxford.

Ahora amanecía en Long Island. Fuimos abriendo el resto de las ventanas de la planta baja, llenando la casa de una luz grisácea que luego se volvió dorada; la sombra de un árbol cayó pesadamente encima del rocío, y fantásticos pájaros rompieron a cantar entre las azules hojas. En el aire se advertía un lento y agradable movimiento, apenas una brisa, que prometía un fresco y hermoso día.

—No creo que jamás lo haya amado... —Gatsby se puso de espaldas a la ventana y me miró con desafío—. Ten presente, camarada, que esta tarde estaba muy nerviosa. Buchanan dijo todo aquello de una manera que la asustó, que me hizo parecer una especie de tahúr de la más baja estofa... y el resultado fue que ella no sabía lo que decía —se sentó tristemente—. Claro que pudo haberle querido un instante a poco de casarse, pero luego me quiso más aún..., ¿entiendes? —Hizo una observación extraña—. Sea como sea... fue una cuestión personal.

¿Qué podía sacarse en limpio de esta frase, aparte de sospechar una intensidad en su reflexión, que resultaba impenetrable?

Regresó de Francia cuando Tom y Daisy estaban aún en viaje de bodas, y, a su vez, hizo un miserable aunque irresistible viaje a Louisville, con los últimos céntimos de su paga del Ejército. Permaneció allí una semana, paseando por las calles donde sus pasos y los de su amada habían resonado al unísono bajo la noche de noviembre, y visitando de nuevo los románticos lugares que antaño frecuentaron en su blanco cochecito. De la misma manera que la casa de Daisy le había parecido siempre más alegre y misteriosa que las demás, así también la propia ciudad, aunque ella no estuviera ahora allí, parecía impregnada de melancólica belleza.

Se marchó, pensando que si hubiera buscado más la hubiese encontrado, sintiendo que la dejaba atrás. En el vagón de tercera (ya no tenía dinero) hacía mucho calor; salió a la plataforma y se sentó en un taburete plegable. La estación se esfumó, pasaron partes traseras de desconocidos edificios, y salieron a los campos primaverales por donde corría un tranvía, lleno de gentes que, alguna vez, pudieron ver, casualmente, por la calle, la pálida magia de su rostro.

Los raíles iniciaron una curva; se alejaban del sol que, al hundirse a lo lejos, parecía derramarse en bendición sobre la difuminada ciudad donde ella respiraba. Tendió la mano desesperadamente, como para apoderarse de un jirón de aire, para salvar un fragmento del lugar que ella embelleciera para él. Ahora todo iba demasiado de prisa, a sus turbias pupilas; sabía que había perdido para siempre la mejor parte de su vida; la más pura y la mejor...

Eran las nueve de la mañana cuando, concluido el desayuno, salimos a la terraza. La noche había cambiado el tiempo y en el aire latía un sabor de otoño. El jardinero, el último de los antiguos criados de Gatsby, se acercó a la escalinata.

—Hoy voy a secar la piscina, Mr. Gatsby; pronto empezarán a caer las hojas, y las cañerías se atascan...

—No lo haga hoy —contestó Gatsby. Se volvió hacia mí, como disculpándose—. ¿Sabes, camarada, que en todo el verano no utilicé la piscina?

Miré el reloj y me puse en pie.

—Me quedan doce minutos para tomar el tren.

En realidad no quería ir a la ciudad; no me veía con ánimos de trabajar decentemente, y además no quería dejar a Gatsby. Perdí aquel tren, y todavía otro más, antes de decidirme a partir.

—Te llamaré —dije finalmente.

—Hazlo, camarada.

—Te llamaré a eso de mediodía.

Bajamos lentamente la escalera.

—Supongo que Daisy también me llamará. —Me miró ansiosamente, como esperando que corroborara su hipótesis.

—Lo supongo...

—Adiós, pues.

Nos estrechamos las manos e inicié la marcha; justo antes de llegar al césped, me acordé de algo y me volví:

—¡Son una asquerosa gentuza! —le grité a través del parque—. ¡Tú vales más que todos ellos juntos!

Siempre me he sentido contento de habérselo dicho. Fue el único elogio que le hice, porque, desde el principio, le había desaprobado. Primero asintió cortésmente; luego, su rostro se quebró en una radiante y comprensiva sonrisa, como si todo el tiempo hubiéramos estado en estático acuerdo sobre este hecho. Su brillante y rosada camisa formaba una alegre nota de color, en contraste con los blancos peldaños del fondo. Me acordé de la noche en que, por vez primera, hacía tres meses, acudí a su ancestral mansión. El césped y la alameda estaban atestados con los rostros de los que cotilleaban acerca de la corrupción, y él permanecía en la escalera, despidiéndoles ceremoniosamente, y ocultando su incorruptible sueño.

Le di las gracias por su hospitalidad.

—¡Adiós! —grité—. ¡He disfrutado con el desayuno, Gatsby!

Una vez en la ciudad, intenté leer las cotizaciones de una interminable cantidad de acciones, y me quedé dormido en la silla. El teléfono me despertó poco antes de mediodía, sobresaltándome. Era Jordan Barker; solía llamarme a esta hora porque lo incierto de sus actividades entre hoteles, clubs y casas particulares hacía difícil encontrarla. Generalmente su voz llegaba por el hilo como algo fresco y lozano, como si un fragmento de las verdes pistas flotara en la ventana de la oficina. Sin embargo, aquella mañana tenía un tono seco y áspero.

—Me he marchado de casa de Daisy —anunció—. Estoy en Hampstead; esta tarde voy a Southampton.

Quizá fue una prueba de tacto marcharse de casa de Daisy, pero me molestó saber que lo había hecho, y la siguiente observación me dejó helado:

—Anoche no fuiste muy amable.

—¿Qué importancia podía tener...?

Un instante de silencio; luego:

—De todas maneras quiero verte.

—También yo quiero verte.

—¿Y si esta tarde no fuera a Southampton y viniera a la ciudad?

—No, no... Esta tarde me parece que...

—Conforme.

—Esta tarde es imposible... Varios...

Hablamos así un rato, y luego, bruscamente, ya no hablábamos. No sé quién colgó con un agudo click, pero no me importaba. No me sentía con ánimos de charlar con Jordan frente a una mesa de té, aunque esto representara no volver a verla en toda la vida.

Pocos minutos después llamé a casa de Gatsby; comunicaba. Lo intenté cuatro veces hasta que una exasperada telefonista me dijo que la línea se había retenido para una conferencia de Detroit. Sacando el horario de trenes hice un pequeño círculo en torno al tren de las 3.50; me recosté en la silla, e intenté pensar un poco. Era, exactamente, mediodía.

Aquella mañana, al pasar frente a los montones de ceniza, me había situado, deliberadamente, al otro lado del vagón. Supuse que durante todo el día habría allí una curiosa muchedumbre: chiquillos buscando oscuras manchas por el polvo, y algún que otro paleto repitiendo una y otra vez lo ocurrido, hasta complicar tanto el suceso con adiciones de cosecha propia, que ya no podía contarlo. Éste era el gran sistema para lograr que el trágico final de Myrtle Wilson quedase totalmente olvidado. Ahora retrocederé un poco y contaré lo ocurrido en el garaje, la noche anterior, después de marcharnos.

Hubo dificultades para localizar a Catherine. Aquella noche había roto, seguramente, su promesa de no beber, pues cuando llegó estaba alelada por el alcohol e incapaz de comprender por qué la ambulancia se había ido a Flushing.. Cuando se lo dijeron se desmayó inmediatamente, como si esto fuera algo imprescindible para el éxito de la escena. Alguien —un ser bondadoso o un terrible curioso— la metió en su coche, conduciéndola en pos del cuerpo de su hermana.

Hasta mucho después de medianoche, una cambiante multitud se estrellaba contra la fachada del garaje, mientras George Wilson se estremecía en el diván. La puerta del despachito quedó abierta unos minutos, y los que entraban en el garaje miraban con irresistible atracción al interior. Por fin, hubo quien dijo que era una vergüenza, y cerró la puerta. Michaelis y otros más le hicieron compañía; primero eran cuatro o cinco, más tarde dos o tres, y a última hora, Michaelis tuvo que pedir al último desconocido que esperara otros quince minutos mientras él iba a su establecimiento y hacía un jarro de café. Después, permaneció a solas con Wilson hasta el amanecer.

A eso de las tres de la madrugada, el incoherente balbuceo de Wilson cesó; se calmó y empezó a hablar del coche amarillo. Anunció que tenía manera de averiguar a quién pertenecía el coche amarillo, y reveló que hacía un par de meses que su mujer había regresado de la ciudad, con la cara magullada y la nariz hinchada.

Pero al decir esto se estremeció y empezó a chillar de nuevo: «¡Oh, Dios santo!», con gimiente expresión. Michaelis hizo un torpe intento para distraerle:

—¿Cuánto tiempo llevaba de casado, George? Vamos, vamos, procure estar quieto un momento y conteste: ¿Cuánto tiempo estuvieron casados?

—Doce años...

—¿Han tenido hijos? Vamos, George, siéntese... Quieto... Le he hecho una pregunta. ¿Tuvieron hijos?

Los duros y pardos insectos seguían golpeteando contra la opaca luz, y cuando Michaelis oía un coche volando por la carretera, le parecía que era el que no se había parado. Le molestaba ir al garaje; el banco de trabajo tenía una mancha donde el cuerpo yació, de modo que, embarazado, se limitaba a moverse por el despachito. Antes de que se hiciera de día le eran ya familiares todos los objetos que allí había. De vez en cuando, se sentaba al lado de Wilson, intentando calmarle.

—¿Va usted a alguna iglesia, George? Aunque haga

161

tiempo que no haya ido, podría llamar, y vendría un sacerdote para animarle.

—No voy a ninguna iglesia.

—Para momentos como éste, debería tener una iglesia. Vamos, vamos; alguna vez habrá ido a la iglesia... ¿No se casó en la iglesia? Oiga, George, óigame; ¿no se casó en la iglesia?

—De eso hace mucho, mucho tiempo.

El esfuerzo por contestar rompió el ritmo de sus histéricos movimientos; permaneció callado un instante. Luego, la misma semiinteligente, semianonadada expresión, apareció en sus apagadas pupilas.

—Mire allí, en el cajón —dijo, señalando la mesa.

—¿Qué cajón?

—Ése.

Michaelis abrió el cajón más próximo; no había nada. Sólo una correa de perro hecha de cuero y plata trenzada; un objeto de lujo. Al parecer, era nueva.

—¿Esto? —le preguntó.

Wilson asintió.

—La encontré ayer por la tarde; ella quiso darme explicaciones, pero yo sabía que era raro.

—¿Quiere decir que su mujer la compró?

—La tenía envuelta en papel de seda y escondida en su cómoda.

Michaelis no veía nada raro en ello y dio a Wilson una serie de razones por las cuales su mujer pudo haber comprado la correa, pero, por lo visto, Wilson ya había oído algunas de estas explicaciones dadas por Myrtle, pues volvió a repetir: «¡Oh, Dios mío...!», y su consolador dejó sus razonamientos en el aire.

—¡Entonces la mató! —dijo Wilson, de repente, con la boca abierta.

—¿Quién?

—Tengo manera de saberlo.

—No sea morboso, George. Ha sufrido una fuerte

impresión y no sabe lo que dice. Vale más que procure quedarse tranquilo hasta mañana.

—Él la mató.

—¡Si fue un accidente, George!

George sacudió la cabeza, cerró los ojos, y abrió ligeramente la boca con la sombra de un «¡hum!».

—Lo sé —dijo firmemente—. Soy uno de esos que creen en todos y no piensan mal de nadie, pero cuando sé una cosa, la sé... Fue el hombre del coche. Ella echó a correr para hablarle, y él no quiso pararse.

Michaelis lo había visto, aunque no se le ocurrió que tuviera ningún significado especial. Creía que Mrs. Wilson se escapaba de su marido sin pretender parar ningún coche particular.

—Pero ¿cómo podía ser...?

—Era una pájara —dijo Wilson, como si con esto contestara ampliamente. Luego reemprendió sus lamentaciones.

—¿Hay algún amigo a quien se deba llamar, George?

Era una absurda sugerencia, estaba seguro de que Wilson no tenía amigos; su mujer no se lo hubiese permitido. Se alegró cuando, algo más tarde, notó un cambio en la habitación: un azul progresivo en la ventana. Se dio cuenta de que el amanecer estaba próximo. A eso de las cinco, afuera había el suficiente azul para poder apagar la luz.

Los vidriosos ojos de Wilson se fijaron sobre los montones de cenizas, donde unas nubecillas grises adquirían fantásticas formas, corriendo de aquí para allá, mecidas por el tenue viento de la madrugada.

—Le hablé —dijo tras un largo silencio—. Le dije que a mí me podía engañar, pero que no podía engañar a Dios. La llevé a la ventana —se levantó con un esfuerzo, y se dirigió a la ventana de atrás, apoyando el rostro en el cristal— y le dije: «Dios sabe lo que has hecho; todo... A mí puedes engañarme... A Dios, no.»

Michaelis, que estaba detrás, se dio cuenta, presa de profundo asombro, que Wilson miraba fijamente las pupilas del doctor T. J. Eckleburg, que acababan de surgir, pálidas y enormes, de la noche que se acababa.

—¡Dios lo ve todo! —repitió Wilson.

—¡Si es un anuncio! —afirmó Michaelis.

Algo le hizo apartarse de la ventana y mirar adentro, pero Wilson se quedó allí largo rato, con la cara pegada a la ventana, inclinándose ante el crepúsculo matutino.

A las seis, Michaelis estaba ya muy fatigado y se sintió agradecido al ruido de un coche que se paraba. Era uno de los que estuvieron allí la noche antes, que había prometido regresar. Preparó desayuno para tres, que él y el otro comieron. Ahora Wilson estaba más calmado; Michaelis se fue a dormir a su casa y al despertarse, cuatro horas después, Wilson ya no estaba.

Más tarde se supo lo que estuvo haciendo; estuvo caminando a pie. Primero fue a Port Roosevelt, luego a Gad's Hill, donde se compró un bocadillo, que no comió, y bebió una taza de café. Seguramente estaba cansado y caminaba despacito, pues no llegó a Gad's Hill hasta mediodía. Hasta este momento, no fue difícil averiguar lo que había hecho. Unos chicos vieron a un hombre que parecía loco, y unos motoristas vieron a un hombre que les miraba extrañamente desde la cuneta. Pero desapareció durante tres horas. La Policía, basándose en lo que dijera a Michaelis, respecto a que «tenía forma de averiguarlo», supuso que pasó aquel tiempo yendo de garaje en garaje, preguntando por un coche amarillo. Sin embargo, no hubo ningún empleado de garaje que le viera; quizá tuvo una manera más eficaz y segura de enterarse de lo que quería. A eso de las dos y media estaba en West Egg, y preguntó a alguien el camino para ir a casa de Gatsby. Así es que, a esa hora, ya sabía el nombre de Gatsby.

A las dos, Gatsby se puso el traje de baño y dijo al mayordomo que si alguien le telefoneaba fueran a avisarle a la piscina. Se detuvo en el garaje, donde buscó una colchoneta neumática que facilitó para diversión de sus huéspedes durante el verano; el chófer le ayudó a hincharla y Gatsby dio las instrucciones de que no se sacara, bajo ningún pretexto, el coche descubierto. Esto le pareció raro, porque tenía el guardabarros delantero estropeado.

Gatsby se echó la colchoneta al hombro, dirigiéndose a la piscina. Se paró una vez para cambiarla de posición; el chófer le preguntó si quería que le ayudara, y él movió la cabeza, desapareciendo entre los árboles. No llegó ningún mensaje telefónico, pero el mayordomo no se durmió y esperó hasta las cuatro, mucho rato después de que ya no hubiera nadie a quien darlo, si llegaba. Tengo la impresión de que el propio Gatsby nunca creyó que llegase; quizá ya no le importaba. Si esto era cierto, debía pensar que había perdido su cálido y viejo universo. Había pagado muy alto precio por haber vivido demasiado tiempo con un solo sueño. Debió contemplar un cielo desconocido entre amedrentadoras horas, y debió estremecerse al darse cuenta de lo grotesca que es una rosa, y de cuán cruda era la luz del sol sobre la hierba recién nacida. Un nuevo Universo material, sin llegar a ser real, donde los pobres fantasmas respiraban sueños, flotaba fortuitamente en torno suyo, como aquella cenicienta y fantástica figura que, entre los amorfos árboles, se deslizaba a su encuentro.

El chófer, uno de los protegidos de Wolfsheim, oyó los disparos; más tarde dijo que no les había dado gran importancia. Yo me fui directamente de la estación a casa de Gatsby, y lo primero que alarmó a la gente fue que me precipitara ansiosamente en la casa, aunque estoy convencido de que ya lo sabían. Y sin mediar casi ninguna palabra, los cuatro, el chófer, el mayordomo, el jardinero y yo, nos apresuramos hacia la piscina.

Había un débil, escasamente perceptible, movimiento de agua, y la corriente de un lado se abría camino hacia el desagüe del otro extremo, con pequeños rizos que apenas eran sombra de olas. La cargada colchoneta flotaba, irregularmente, en la piscina. Una pequeña ráfaga de viento, que no logró ondular la superficie, fue suficiente para torcer su indiferente recorrido. El roce de un montón de hojas la revolvió lentamente, trazando un delgado círculo rojo en el agua.

Poco después, al dirigirnos hacia la casa llevando a Gatsby, el jardinero vio el cuerpo de Wilson, algo apartado ante el césped. El holocausto quedó completo.

CAPÍTULO IX

Al cabo de dos años, sólo recuerdo el resto de aquel día, aquella noche y el día siguiente como una interminable exhibición de policías, fotógrafos y periodistas, dentro y fuera de las puertas de Gatsby. Una cuerda tendida a lo largo de la verja, y un policía a su lado, impedían el paso a los curiosos, pero los chicuelos no tardaron en descubrir que por mi jardín podían pasar, de modo que siempre había unos cuantos arremolinados, boquiabiertos, cerca de la piscina. Alguien, quizás un detective, empleó con aire de suficiencia, la palabra «demente» al inclinarse sobre el cuerpo de Wilson, y la espontánea autoridad de su voz dio la tónica para las informaciones periodísticas de la mañana siguiente.

La mayor parte de los reportajes fueron una pesadilla; grotescos y puramente circunstanciales, vehementes y falsos. Cuando el testimonio de Michaelis sacó a relucir, en el sumario, las sospechas de Wilson, pensé que el asunto no tardaría en ser representado en un sabroso vodevil, pero Catherine, que podía haber dicho algo, no dijo nada. Hizo gala de una sorprendente entereza. Miró al juez con ojos decididos, bajo aquellas borrosas cejas, y juró que su hermana nunca había visto a Gatsby, que era completamente feliz con su marido, que no se había metido en un lío. Ella misma se convenció de ello, y lloró, con la cara oculta en el pañuelo, como si la sola sugerencia de lo contrario fuera más de lo que podía soportar. Así es que Wilson quedó reducido a un hombre desequilibrado por el dolor, y el asunto se convirtió en lo más simple del mundo.

Pero todo esto me parecía remoto y carente de sentido. Me encontré constituido en representante de Gatsby, y solo. Desde el momento en que telefoneé la noticia de la tragedia a la aldea de West Egg, toda información sobre él y todo asunto práctico relacionado con él fueron a parar a mis manos. De momento me sorprendí, lleno de confusión; luego, mientras él yacía en su casa, sin moverse, sin respirar, ni hablar, hora tras hora, me di cuenta de mi responsabilidad puesto que nadie más se había interesado por él. Y al decir interesado, me refiero a aquel intenso y personal interés al cual todo el mundo tiene un vago derecho cuando ha llegado al final de la vida.

Llamé a Daisy media hora después del macabro hallazgo. La llamé instintivamente, sin vacilar, pero a primera hora de la tarde, ella y Tom habían marchado, llevándose equipajes.

—¿No han dejado su dirección?

—No.

—¿No han dicho cuándo piensan regresar?

—No.

—¿Tiene alguna idea de dónde están? ¿De cómo podría dar con ellos?

—No lo sé..., no se lo podría decir.

Quería encontrar a alguien, ir a la habitación donde Gatsby yacía, y animarle: «Haré que venga alguien,

Gatsby, no te preocupes. Ten confianza en mí, haré que venga alguien...»

En el listín no aparecía el nombre de Meyer Wolfsheim; el mayordomo me dio la dirección de su oficina en Broadway. Llamé a informaciones, pero cuando tuve el número era mucho después de las cinco, y nadie contestó el teléfono.

—¿Quiere llamar de nuevo, señorita?

—He llamado ya tres veces.

—Se trata de algo muy importante.

—Lo siento; me temo que no hay nadie.

Volví al salón, esforzándome en imaginar que toda aquella brigada de técnicos y funcionarios oficiales que lo invadían eran visitantes casuales, pero, aunque retiraron la sábana y miraron a Gatsby con extrañados ojos, su protesta continuaba sonando en mi cerebro: «Oye, camarada, tienes que traerme a alguien..., debes procurarlo de veras... No voy a pasar esto solo...»

Alguien empezó a hacer preguntas; me disimulé apresuradamente, y subiendo al piso, registré los cajones de su mesa que no estaban cerrados con llave. No me había asegurado que sus padres hubiesen muerto. Pero no había nada; sólo el retrato de Dan Cody, recuerdo de olvidada violencia, mirando desde la pared.

A la mañana siguiente mandé al mayordomo a Nueva York con una carta para Wolfsheim, en la que le pedía noticias y le urgía a que tomara el primer tren. Al escribirle, me pareció que la petición era superflua. Estaba seguro de que saldría en cuanto viese los periódicos; tanto como de que recibiría un telegrama de Daisy antes de mediodía. Pero no llegaron ni el telegrama ni Mr. Meyer Wolfsheim. Únicamente registré la entrada de un nuevo cargamento de policías, fotógrafos y periodistas. Cuando el mayordomo me trajo la respuesta de Wolfsheim, empecé a notar en mí una sensación de reto, de despreciativa solidaridad entre Gatsby y yo, con todos ellos.

«Querido Mr. Carraway: Ésta ha sido una de las más terribles impresiones de mi vida. Apenas puedo creer que sea cierto. Un acto tan demente como el de ese hombre tendría que hacernos reflexionar a todos. Por el momento, no puedo hacer acto de presencia; estoy ocupado en algo importante y no puedo mezclarme en este asunto. Si más tarde puedo hacer algo, dígamelo, hágamelo saber en una carta dirigida a Edgar. Cuando oigo una cosa como ésta, no sé lo que me pasa, pero me siento desconcertado por todos lados.

Atentamente,

MEYER WOLFSHEIM.»

y abajo una apresurada posdata:

«Dígame lo que haya del funeral, etcétera, etcétera... No conozco a su familia.»

Aquella tarde, cuando el teléfono sonó y «Conferencias» dijo que Chicago llamaba, pensé que, finalmente, sería la voz de Daisy; pero fue una voz de hombre, lejana y fina:

—Aquí Slagle al habla.

—Bien, diga. —El nombre me era desconocido.

—Endemoniado asunto, ¿verdad? ¿Recibió el telegrama?

—No hemos recibido ningún telegrama.

—El chico Parker está en un lío —siguió hablando

rápidamente—. Le pescaron cuando pasaba los valores por el mostrador... Cinco minutos antes se había recibido una circular de Nueva York dando los números... ¿Qué le parece? En estas ciudades no se sabe...

—Oiga —interrumpí jadeante—. Oiga, no soy Mr. Gatsby..., Mr. Gatsby ha muerto.

Hubo un largo silencio, una exclamación ahogada, y luego un chirrido al cortarse la conexión.

Creo que fue al tercer día cuando, de una ciudad de Minnesota llegó un telegrama firmado Henry C. Gatz. Sólo decía que el remitente salía al instante y que el entierro fuera aplazado hasta su llegada.

Era el padre de Gatsby; un solemne anciano, indefenso y anonadado, envuelto en un largo y barato abrigo, como defendiéndose del cálido día de setiembre. Sus ojos lagrimeaban en continua excitación, y cuando le tomé de las manos la maleta y el paraguas, empezó a estirarse tan nerviosamente su rala barba gris, que me costó sacarle el abrigo. Estaba a punto de desmayarse. Le llevé al salón de música y le hice sentar mientras mandaba a buscar algo de comer. Pero no quería comer; el vaso de leche fue derramado por su temblorosa mano.

—Lo leí en el diario de Chicago... Salió en el diario de Chicago. Vine inmediatamente.

—Yo no sabía cómo dar con usted.

Sus pupilas, que nada veían, giraban de un lado a otro de la habitación.

—Fue un loco..., debió de estar loco.

—¿Quiere café?

—No quiero nada. Ahora me encuentro bien, Mr...

—Carraway.

—Sí, me encuentro bien; ¿dónde han puesto a Jimmy?

Le llevé al salón donde su hijo yacía, y le dejé. Unos chicuelos habían subido la escalera y estaban curioseando en el vestíbulo. Cuando les dije quién había llegado, se marcharon de mala gana.

Poco después, Mr. Gatsby abrió la puerta y salió. Tenía la boca abierta, la cara ligeramente sofocada, y sus ojos goteaban aisladas y poco puntuáles lágrimas. Había llegado a la edad en que la muerte no tiene ya nada de fantasmal sorpresa, y cuando miró en torno suyo por vez primera, viendo la elevación, el esplendor del vestíbulo y las grandes habitaciones que allí se abrían, a su dolor empezó a mezclarse un quedo orgullo. Le acompañé a un dormitorio de arriba, y mientras se quitaba la chaqueta y el chaleco le dije que todo había sido diferido hasta su llegada.

—No sabía cuáles serían sus deseos, Mr. Gatsby.

—Me llamo Gatz.

—Mr. Gatz, pensé que quizá querría conducir el cadáver al Oeste.

Sacudió la cabeza.

—A Jimmy siempre le había gustado más el Este. Alcanzó su posición en el Este. ¿Era usted amigo de mi chico, Mr...?

—Éramos íntimos amigos.

—Tenía un gran porvenir, ¿sabe usted? No era más que un muchacho, pero tenía una gran fuerza aquí. —Se tocó la cabeza—. Si hubiese vivido, habría sido una gran figura, un hombre como James J. Hill, que habría ayudado al desenvolvimiento del país.

—Es cierto —dije, algo incómodo.

Tocó el bordado cubrecama, intentando separarlo, y se tendió. Al momento se quedó dormido.

Aquella noche una persona, evidentemente asustada, telefoneó, inquiriendo quién era yo, antes de dar su nombre.

—Soy Mr. Carraway —le dije.

—¡Ah...! —pareció aliviado—. Aquí Klipspringer.

También yo me sentí aliviado; eso parecía prometer la presencia de otro amigo ante la tumba de Gatsby. Yo no quería que la noticia saliera en los periódicos y trajera a una multitud de mirones; así es que estuve llamando a unas cuantas personas, pero fue muy difícil dar con ellas.

—El entierro es mañana —dije—, a las tres, aquí, en la casa. Me gustaría que lo dijera a quien le pueda interesar...

—¡Ah, sí, claro..., lo haré! —balbució apresuradamente—. Claro..., pues... no es probable que vea a nadie..., pero...

El tono de su voz me infundió sospechas inmediatamente.

—Usted vendrá, naturalmente.

—Pues, claro, lo intentaré... ahora que yo llamo para...

—Un momento —le interrumpí—. ¿Qué le parecería decirme que vendrá?

—Hombre, el hecho es... la verdad del caso..., estoy con una gente, aquí, en Greenwich. Esperan que me quede mañana. Por cierto que hay una especie de excursión o algo así... Claro que yo me escaparé.

Emití un incontenible «¡hum!» que él debió oír, pues prosiguió, nerviosamente:

—Le llamaba por un par de zapatos que me dejé... Si no fuera mucha molestia... que me los mande el mayordomo. Son zapatos de tenis. Sin ellos estoy perdido. Mi dirección es..., al cuidado de B. F...

No oí el resto del nombre, porque colgué airadamente.

Después de esto, empecé a sentir cierta vergüenza por Gatsby. Un caballero al que telefoneé insinuó que le habían dado su merecido. Claro que fue una estupidez por mi parte no decirle nada, pues era uno de

173

aquellos que le criticaban con mayor descaro. Debí comprender que no era conveniente llamarle.

El día del entierro, por la mañana, me fui a Nueva York para ver a Meyer Wolfsheim; era la única forma de dar con él. La puerta que empujé, siguiendo los consejos del chico del ascensor, ostentaba el letrero: «The Swatiska Holding Company.» De primer momento parecía como si no hubiera nadie, pero en cuanto hube gritado «¡hola!» varias veces, se inició una discusión detrás de un tabique, hasta que, por fin, apareció una preciosa judía, examinándome con negras y hostiles pupilas.

—No hay nadie —dijo—. Mr. Wolfsheim está en Chicago.

La primera parte de su afirmación era evidentemente falsa; adentro alguien había empezado a silbar, desafinadamente, la tonada de *The Rosary*.

—Haga el favor de decirle que Mr. Carraway quiere verle.

—¿No le parece que no puedo hacerle regresar de Chicago?

En aquel mismo instante una voz, indudablemente la de Wolfsheim, llamó: «¡Stella!», desde el otro lado de la puerta.

—Deje su tarjeta sobre la mesa. Se la entregaré cuando vuelva.

—¡Pero si está ahí dentro!

Dio un paso adelante y empezó a deslizar, indignada, las manos arriba y abajo de sus caderas.

—Ustedes, muchachos, creen que pueden entrar a la fuerza, cuando les da la gana —me amonestó—. ¡Y ya estamos hartos! Cuando le digo que está en Chicago es que está en Chicago...

Mencioné a Gatsby.

—¡Oh...! —volvió a mirarme—. ¿Querrá...? ¿Cuál es su nombre?

Desapareció, y Mr. Meyer Wolfsheim cruzó solemnemente la puerta tendiéndome ambas manos. Me llevó a su despacho, observando con reverente voz, que eran tristes momentos para todos, y me ofreció un cigarro.

—Me acuerdo de cuando lo vi por primera vez —dijo—. Un joven mayor que había salido del Ejército cubierto de medallas que le dieron en la guerra. Estaba tan apurado que iba de uniforme porque no podía comprarse ropa de paisano. La primera vez que le vi fue cuando entró en la sala de juego de Winebrenner, en la calle 34, y pidió trabajo. Hacía dos días que no comía. «Ven a almorzar conmigo», le dije. En media hora liquidó más de cuatro dólares de comida.

—¿Usted le lanzó a los negocios?

—¿Lanzar...? Yo le formé con mis propias manos.

—¡Oh!

—Le saqué de la nada, de la misma cloaca. Al instante me di cuenta de que tenía buena apariencia; era un chico distinguido, y cuando me dijo que había estado en *Oggsford*, supe que podría convertirle en hombre de provecho. Le hice ingresar en la American Legion; allí ocupó altos cargos. Luego trabajó para un cliente mío, en Albany... En todo estuvimos tan unidos como esto —levantó dos gruesos dedos—, siempre unidos.

Me pregunté si la transacción de las World Series, en 1919, era una de las obras de aquella unión.

—Ahora ha muerto —dije, al cabo de un momento—. Usted fue su mejor amigo, así es que, sin duda, querrá usted asistir a su entierro esta tarde.

—Mucho me gustaría.

—Pues venga.

El pelo de sus fosas nasales se estremeció ligeramente y, al mover la cabeza, los ojos se le llenaron de lágrimas.

—No puedo... No puedo verme comprometido.

—¡No hay nada que pueda comprometerle...! Todo ha terminado.

—Cuando un hombre es asesinado, no me gusta mezclarme de ningún modo... En mi juventud era distinto; si un amigo mío moría de la manera que fuese, estaba a su lado hasta el final; podrá creer que soy un sentimental, pero lo digo de veras: hasta el amargo final.

Comprendí que, por alguna razón particular, había decidido no ir, y me puse en pie.

—¿Ha sido usted universitario? —preguntó de súbito.

Pensé que sugeriría una *guelación*, pero sólo inclinó la cabeza y me apretó la mano.

—Aprendamos a demostrar nuestra amistad a la gente durante su vida y no después de muertos. Una vez muertos, mi norma es dejar las cosas en paz...

Cuando salí de su oficina, el cielo se había oscurecido amenazadoramente. Regresé a West Egg bajo una densa llovizna. Después de cambiarme de ropa, fui a la casa de al lado, y encontré a Mr. Gatz paseando de un lado a otro del vestíbulo; el orgullo que sentía de su hijo y de las posesiones de su hijo, iba en aumento. Ahora tenía algo que enseñarme.

—Jimmy me mandó esta foto. —Sacó la cartera con dedos temblorosos—. Mire. —Era una foto de la casa, arrugada en los extremos y sucia por las huellas de muchas manos. Me señaló ansiosamente todos los detalles—. Fíjese.

Y buscaba admiración en mis ojos. La había enseñado tantas veces que creo que le resultaba más real que la propia casa.

—Jimmy me la mandó... Es una foto muy bonita. Se ve todo bien..., ¿verdad?

—Muy bien. ¿Hacía mucho que se habían visto?

—Vino hace unos dos años y me compró la casa en que ahora vivo. Cuando se fue de casa no teníamos un chavo... Ahora comprendo que tuvo razón. Supo que tenía un gran porvenir, y desde que triunfó ha sido muy generoso conmigo.

No tenía ganas de guardar la foto; la mantuvo un rato más ante sus ojos, luego guardó la cartera, y sacó del bolsillo un viejo ejemplar de un libro titulado *Hopalong Cassidy*.

—Fíjese en esto; es un libro de cuando era chico... Ya verá...

Abrió la cubierta posterior y me la enseñó. En la última hoja se leía la palabra HORARIO, la fecha 12 de setiembre de 1906, y más abajo:

Levantarme de la cama	6.00-	Mañana
Ejercicios gimnásticos	6.15-6.40	»
Estudio de electricidad, etc.	7.15-8.15	»
Trabajar	8.30-4.30	Tarde
Béisbol y deportes	4.30-5.00	»
Practicar dicción, postura y cómo obtenerla	5.00-6.00	»
Estudiar inventos necesarios	7.00-9.00	»

RESOLUCIONES DE TIPO GENERAL

No perder el tiempo en Shafters o [nombre inin-
teligible].
No fumar ni mascar chicle. Bañarme días alternos.
Leer un libro o revista buena cada semana.
Ahorrar $ 5,00 [tachado] $ 3,00 a la semana.
Ser mejor con mis padres.

—Encontré el libro casualmente —siguió el anciano—. ¿Verdad que demuestra que Jimmy estaba destinado a salir adelante? Siempre tenía resoluciones de esta clase. ¿Se ha fijado en lo que dice de mejorar su cerebro? Siempre estaba atento a todo. Una vez me dijo que yo comía como un cerdo, y le pegué...

No tenía ganas de cerrar el libro; leía cada apartado en voz alta, y me miraba ansiosamente. Creo que esperaba que me copiara la lista.

Poco antes de las tres, llegó el sacerdote luterano de Flushing. Lo mismo que el padre de Gatsby, empecé a mirar involuntariamente por las ventanas esperando la llegada de otros coches. El tiempo pasaba; los criados se reunieron, esperando, en el vestíbulo. Los ojos de Mr. Gatz parpadeaban ansiosamente; habló de la lluvia en forma preocupada. El sacerdote miró varias veces el reloj; le llevé aparte y le pedí que esperara media hora. Pero de nada sirvió: no vino nadie.

A eso de las cinco, nuestra comitiva de tres coches llegó al cementerio, deteniéndose, bajo una espesa llovizna, al lado de la verja: primero, la fúnebre furgoneta, horriblemente mojada y negra; luego Mr. Gatz, el sacerdote y yo en la limusina, y algo más atrás, cuatro o cinco criados y el cartero de West Egg, en la «rubia», todos calados hasta los huesos. Al cruzar la verja, oí el ruido de un coche que se paraba. Alguien chapoteaba en el fango, detrás de nosotros. Me volví: era el hombre de los ojos de lechuza a quien, tres meses antes encontrara, una noche, maravillándose con los libros de Gatsby, en la biblioteca.

Desde entonces no le había visto más. No sé cómo

se enteró del funeral, ni cómo se llamaba. La lluvia mojaba sus gruesas gafas; se las quitó y las limpió para ver la lona que protegía la tumba de Gatsby. Quise pensar en Gatsby, por un momento, pero estaba desambientado; sólo podía pensar, sin remordimiento, que Daisy no había mandado un mensaje, ni siquiera una flor. Apenas oí como alguien decía: «Felices los muertos sobre los cuales cae la lluvia.» A lo que el hombre de ojos de lechuza contestó valientemente: «Amén.»

Mientras chapoteábamos bajo la lluvia, dirigiéndonos a los coches, «ojos de lechuza» me habló:

—Me fue imposible ir a la casa... —observó.

—Nadie pudo ir.

—¡Vamos...! —exclamó, indignado—. ¡Antes la gente iba a centenares...! —Se quitó las gafas y volvió a limpiarlas—: ¡Pobre infeliz...!

Uno de los recuerdos de mi juventud que más firmemente conservo es el de mi partida hacia el Oeste, al llegar las vacaciones de Navidad, de regreso del colegio, primero, y luego de la universidad. Los que iban más lejos de Chicago se reunían en la vieja y oscura Union Station a las seis de la tarde, despedidos por unos cuantos amigos de Chicago ya metidos en el alegre torbellino de las fiestas. Recuerdo los abrigos de pieles de las chicas que venían de los cursos de Miss Tal o Miss Cual, la charla entre nubes de helados alientos, las manos que se agitaban al ver a antiguos amigos, las invitaciones que se comentaban: «¿Vas a casa de los Ordway?, ¿de los Hersey?, ¿de los Schultz?» y los largos billetes verdes en nuestras enguantadas manos. Por fin, los lóbregos coches amarillos del ferrocarril de Chicago, Milwaukee & St. Paul, con aspecto tan alegre como la propia Navidad, parados en la vía.

Cuando salíamos a la noche invernal y la verdadera nieve, nuestra nieve, empezaba a alfombrar el recorrido y a centellear por las ventanillas, se notaba en el aire una aguda y excitante sensación. Al regresar de cenar, respirábamos profundamente a través de los fríos pasillos, dándonos, por un momento, indescriptible cuenta de nuestra identidad con la tierra, antes de confundirnos otra vez con ella.

Ése es mi Oeste; no el trigo, las praderas o las perdidas ciudades secas, sino los emocionantes trenes de regreso de mi juventud, los faroles en las calles, las campanillas de los trineos sonando en la helada oscuridad, las luces que proyectan sobre la nieve las siluetas de las coronas de acebo colgadas en las ventanas de las casas. Formo parte de este ambiente mitad solemne por la sensación de aquellos largos inviernos, mitad complaciente por haber crecido en la casa de los Carraway, en una ciudad donde durante décadas enteras los edificios se conocen por los nombres de las familias. Tom, Gatsby, Daisy y yo, todos éramos del Oeste; quizá poseíamos alguna deficiencia en común que nos hacía sutilmente inadaptables a la vida del Este.

Incluso cuando el Este llegó a excitarme más, incluso cuando me hallaba más agudamente advertido de mi superioridad sobre las aburridas y tediosas ciudades de más allá de Ohio, con sus interminables inquisiciones, de las que solamente se salvan los niños o los muy ancianos, incluso entonces, el Este no dejaba de tener, para mí, una extraña cualidad de distorsión.

West Egg, particularmente, sigue apareciendo en mis sueños más absurdos. Lo veo como una fantástica escena nocturna pintada por el Greco: un centenar de casas, convencionales y grotescas a la par, agazapadas bajo un cielo huraño dominado por una opaca luna. En primer término, cuatro solemnes individuos caminan por la acera llevando una camilla en la que yace una mujer borracha, con vestido de noche blanco, y una mano colgando a un lado, en la que brilla el frío reflejo de las joyas; los hombres entran gravemente en una casa, una casa equivocada, pero nadie sabe el nombre de la mujer, ni a nadie le importa.

Tras la muerte de Gatsby, para mí el Este estaba lleno de obsesión; distorsionado, más allá de lo que pudiera desear. Así es que cuando la verde humareda de las quebradizas hojas se agitaba en el aire y el viento hacía ondear la húmeda colada en los alambres, decidí regresar a mi casa.

Antes de irme, me quedaba una cosa por hacer. Una cosa desagradable, embarazosa, que quizás hubiera sido mejor no hacer. Pero quería dejarlo todo en orden y no esperar a que un amable e indiferente mar barriera mis restos. Vi a Jordan Baker; hablamos largamente de lo que nos ocurrió a todos, y de lo que me ocurrió a mí. Ella estaba quieta, en un sillón, escuchándome.

Llevaba traje de golf; recuerdo que pensé que parecía una magnífica ilustración, con su barbilla garbosamente levantada, sus cabellos del color de las hojas en otoño, su rostro con el mismo tinte moreno de los guantes que reposaban sobre sus rodillas. Cuando acabé de hablar, me dijo, sin rodeos, que estaba prometida. Aunque conocía a varios con quienes podía casarse, pretendí sorprenderme. Me pregunté si no estaba cometiendo una equivocación, lo pensé de nuevo y me puse en pie para despedirme.

—Sea como sea, me plantaste —dijo Jordan, bruscamente—, me plantaste por teléfono... Ahora no me importas un pepino, pero fue una experiencia desco-

nocida y te aseguro que, por una temporada, estuve
tonta.

Nos estrechamos las manos.

—¡Ah...! ¿Recuerdas una conversación que tuvi-
mos sobre el modo de conducir un automóvil?

—Pues no, la verdad.

—Dijiste que un mal conductor está seguro hasta
que tropieza con otro tan malo como él... Yo encontré otro mal conductor, ¿no es cierto? Quiero decir
que me equivoqué, te creí honrado... Creía que eso
era tu secreto orgullo.

—Tengo treinta años —le dije—. O sea que me so-
bran cinco años para mentirme a mí mismo y llamar-
lo honor.

No me contestó. Irritado, medio enamorado y tremendamente triste, me fui.

Una tarde, a últimos de octubre, vi a Tom Buchanan. Iba delante de mí por la Quinta Avenida, con
aire alerta, agresivo, las manos algo separadas del
cuerpo, como para luchar contra cualquier interferen-
cia, moviendo la cabeza de un lado a otro, adaptán-
dola a sus inquietos ojos. En el momento en que yo
aminoraba el paso para no alcanzarle, se detuvo y se
puso a mirar los escaparates de una joyería. Al verme, retrocedió, tendiéndome la mano.

—¿Qué ocurre, Nick? ¿Tienes inconveniente en
darme la mano?

—Sí... Ya sabes lo que pienso de ti...

—¡Estás loco, Nick! —dijo rápidamente—. Tan
loco como un demonio... ¡No sé qué te pasa!

—Tom —pregunté—; ¿qué le dijiste a Wilson aquella tarde...?

Me miró sin decir palabra, y comprendí que había
adivinado exactamente lo que ocurrió durante aquellas horas en blanco. Reemprendía la marcha, pero él
me alcanzó y me cogió del brazo:

—Te diré la verdad: vino a casa cuando nos disponíamos a partir, y al ordenar que le dijeran que no estábamos, quiso entrar a la fuerza. Estaba lo bastante loco como para matarme si no le digo de quién era el coche... Ni un solo momento dejó de empuñar el revólver. —Se interrumpió provocativamente—. ¿Y qué, si se lo dije? El tipo ése lo tenía merecido. Te echó tierra a los ojos, igual que a Daisy... Era un bandido. Atropelló a Myrtle como si fuese un perro, y ni siquiera paró el coche.

No podía oponerle nada, excepto el hecho, que no podía decirse, de que todo lo que él suponía no era verdad.

—Y si crees que no pasé lo mío... Cuando fui a dejar el piso y vi la condenada caja de bizcochos para el perro, en el bufete... Me senté y me puse a llorar como un crío. ¡Santo Dios, fue horrible...!

No podía apartar de mi mente lo que había hecho, ni podía gustarme su actuación, pero vi que, a sus ojos, todo estaba justificado. Todo resultaba irreflexivo y confuso. Tom y Daisy eran descuidados e indiferentes; aplastaban cosas y seres humanos, y luego se refugiaban en su dinero o en su amplia irreflexión, o en lo que demonios fuese que les mantenía unidos, dejando a los demás que arreglaran los destrozos que ellos habían hecho.

Le di la mano; parecía absurdo no hacerlo, pues de súbito tuve la sensación de que hablaba con un niño. Tom entró en la tienda a comprar un collar de perlas, o quizá sólo un par de gemelos, libre para siempre de mis provincianos remilgos.

Cuando me fui, la casa de Gatsby seguía vacía. La hierba de su césped estaba tan alta como la mía. Entre los taxis de la aldea había uno que, cuando llevaba clientes, tenía la inevitable costumbre de pararse frente a la verja y señalar el interior; quizá fuese el que llevó a Daisy y a Gatsby a East Egg la noche del accidente; quizá se había hecho un argumento muy suyo de todo el suceso, pero no tenía ganas de oírselo y al bajar del tren lo evitaba.

Pasé los fines de semana en Nueva York, porque las brillantes y suntuosas fiestas de Gatsby estaban tan vívidamente impresas en mi mente, que me parecía oír la música, las risas, débiles e inocentes, desde el jardín, y los coches que iban arriba y abajo de la explanada. Una noche, oí cómo se paraba un coche, pero no quise mirar; sería algún invitado que había estado en los confines de la tierra e ignoraba que las fiestas se habían acabado.

En la última noche, empacado mi baúl y vendido mi coche al droguero, crucé la verja para contemplar aquel enorme e incoherente fracaso de mansión. En los blancos escalones, una obscena palabra, garabateada bajo la luz de la luna; la borré con el zapato. Luego me fui a la playa y me tendí sobre la arena.

La mayoría de las mansiones de la costa estaban cerradas. Apenas se advertían luces, excepto las de un transbordador a través del Sound. Y mientras la luna iba ascendiendo, las banales casas se desvanecieron, hasta que, gradualmente, percibí la vieja isla que antaño floreciera para las pupilas de los marinos holandeses; un fresco y lozano pecho del nuevo mundo. Sus desvanecidos árboles, que dieron paso a la casa de Gatsby, habían cuchicheado quedamente ante el último y mayor de todos los sueños humanos: por un fascinado instante, tan transitorio como maravilloso, el hombre debió haber contenido la respiración ante este continente, obligado a una estética contemplación que no entendía ni deseaba, frente a frente, por última vez en la Historia, a algo proporcional a su capacidad de asombro.

Y mientras me hallaba allí, reflexionando sobre el viejo y desconocido mundo, pensé en el asombro de Gatsby al advertir, por vez primera, la luz verde al final del malecón de Daisy. Había recorrido un largo camino para llegar a este verde césped, y su sueño debió parecerle tan próximo que no le sería imposible lograrlo... No sabía ya que estaba detrás de él... en alguna parte de aquella vasta oscuridad, más allá de la ciudad, donde los oscuros campos se desplegaban bajo las sombras de la noche.

Gatsby creía en la luz verde, el orgiástico futuro que, año tras año, aparece ante nosotros... Nos esquiva, pero no importa; mañana correremos más de prisa, abriremos los brazos, y... un buen día...

Y así vamos adelante, botes que reman contra la corriente, incesantemente arrastrados hacia el pasado.

El papel utilizado para la impresión de este libro
ha sido fabricado a partir de madera
procedente de bosques y plantaciones
gestionados con los más altos estándares ambientales,
garantizando una explotación de los recursos
sostenible con el medio ambiente
y beneficiosa para las personas.
Por este motivo, Greenpeace acredita que
ste libro cumple los requisitos ambientales y sociales
necesarios para ser considerado
un libro «amigo de los bosques».
ecto «Libros amigos de los bosques» promueve
servación y el uso sostenible de los bosques,
especial de los Bosques Primarios,
ltimos bosques vírgenes del planeta.

El proy
la con
e
los u